幻《げん》視《し》行《こう》

2

Into Illusion

UN216516

小説 吉原理恵子

マンガ 立石涼

※この作品は右記初出に加筆修正したものです。

第三譚

『罅《さけめ》』

いらっしゃい
光希君《こうきくん》
…ども
本当《ほんとう》に
久《ひさ》しぶりだね
とりあえず
上《あ》がってちょうだい
ね？
いえ
おかまいなく
奥離《おくり》を使《つか》わせて
もらうだけで
いいですから

光希《こうき》
ようこそ我《わ》が家《や》へ…かな
おじさんとおばさん相変《あいか》わらず仲《なか》いいな
うん
まあ、ね

何《なに》も変《か》わって ない
ヤバイだろ なんか…… 泣《な》けてきそう
ほら光希《こうき》 こっち来《き》て
うちの家護《いえも》り様《さま》に紹介《しょうかい》するから
こっちこっち

この樟《くすのき》が 御厨《みくりや》の家護《いえも》りの 亜魅様《あびさま》
ほら光希《こうき》 挨拶《あいさつ》して
ただの樹《き》…
亜魅様《あびさま》の顔《かお》は うちのリビングの 壁《かべ》に飾《かざ》って あるから
それって拓巳《たくみ》が 賞《しょう》をとったやつ？
そう 一見《いっけん》の価値《かち》は あるから見《み》てね？
トンズラする前《まえ》に 見《み》ておかないとな
なんたって拓巳《たくみ》が イラストレーターに なるきっかけに なった絵《え》だし
光希《こうき》がちゃんと 来《き》てくれて ぼくすごく嬉《うれ》しい
だから バックれたり しねーって
本当《ほんとう》は トンズラする つもりだけど
うん タッくんもこれで 安心《あんしん》して仕事《しごと》に 打《う》ち込《こ》めるよ
だといい けどな
なんか心配《しんぱい》？

遺族会《いぞくかい》の奴《やつ》ら相変《あいか》わらずグチャグチャ言《い》ってやがるンだろ？
タッくんなら大丈夫《だいじょうぶ》だよ何《なに》があっても負《ま》けたりしないから
――拓巳《たくみ》はどんな困難《こんなん》にも目《め》を逸《そ》らさない
立《た》ち塞《ふさ》がる壁《かべ》から逃《に》げない
そこには揺《ゆ》らがない信念《しんねん》とプライドがあるからだ
……そうだな
だから光希《こうき》もここをリラックスできる場所《ばしょ》にしてほしいかなって
ぼくとタッくんのためにもね
どうせここも終《つい》の棲家《すみか》にゃならねーんだろうけど
絶対《ぜったい》に黙《だま》っていなくなったりしないでよ？
わかってるって

ウソ……
なんで？
光希《こうき》？どうしたの？
すんげー静《しず》か 頭《あたま》の中《なか》から ノイズが消《き》えた
こないだ昇竜湖《しょうりゅうこ》に行《い》ったとき ほんの一瞬《いっしゅん》 ノイズが消《き》えた
すぐに別《べつ》の音《おと》が聞《き》こえて鳥肌《とりはだ》が立《た》ったけど

それって タッくんが言《い》ってた 大鎌《おおがま》のことだよね？
……たぶん スゲー不快《ふかい》な ノイズだった
でも今《いま》 光希《こうき》の頭《あたま》の中《なか》は クリアなんだ？
なんでか わかんねーけど 今夜《こんや》は熟睡《じゅくすい》 できそうかも
やっぱり 亜魅様《あびさま》の おかげかも
あの…… 光希《こうき》くん？
え…と
夕飯《ゆうはん》できたから どうぞって お母《かあ》さんが……
いらねー
わかった

妹《いもと》……でかくなったよな
生意気《なまいき》になっただけ
こないだもタッくんに噛《か》み付《つ》いてたし
もしかして愛美《まなみ》が変《へん》に絡《から》んできても無視《むし》しちゃっていいから
なんだ昔《むかし》とぜんぜん変《か》わってないってことか？
それってあり得《え》ねーと思《おも》うけど
うん
だから
無視《むし》して
――僕《ぼく》にとっては
血《ち》の繋《つな》がった妹《いもと》よりタッくんと光希《こうき》のほうが大事《だいじ》
家族《かぞく》が僕《ぼく》のためにどれほどの愛情《あいじょう》と犠牲《ぎせい》を払《はら》っているか
それを知《し》っていてもだ

光希《こうき》
寝《ね》るときくらいは家《いえ》の中《なか》にしない？
この方《ほう》が楽《らく》 つーか雨《あめ》が降《ふ》ったら考《かんが》える
本当《ほんとう》に今夜《こんや》は ぐっすり眠《ねむ》れるような 気《き》がする
これはまた 珍客《ちんきゃく》だな

久《ひさ》しく寄《よ》り付《つ》きもしなかったのにどうしたことだ？
和子《わこ》がお連《つ》れになりました
奇特《きとく》なことだ わざわざ穢《けが》れを持《も》ち込《こ》むとは
そのような決《き》めつけはいかがなものかと
夢《ゆめ》……？
ここを塒《ねぐら》にでもするつもりか？
かもしれません 人《ひと》の子《こ》の褥《しとね》には不向《ふむ》きですが
速贄《はやにえ》だ もはや人《ひと》の子《こ》とは言《い》い難《がた》いがな
羅轟殿《らごうどの》
召龍湖《しょうりゅうこ》での一件《いっけん》は聞《き》いたか？

はい 藍掛様《らんかさま》が百年《ひゃくねん》ぶりに 下降《げこう》されたとか
速贄《はやにえ》が 十二年《じゅうにねん》ぶりに 集結《しゅうけつ》したからだ 我《われ》らの杞憂《きゆう》は 見事《みごと》に的中《てきちゅう》して しまったことになる
時《とき》と場所《ばしょ》と縁《えにし》 その因果《いんが》が 揃《そろ》ってしまった――
――……
冥界《めいかい》から魂狩《たまがり》の 大鎌《おおがま》が発現《はつげん》した らしい
藍掛様《らんかさま》が 一刀両断《いっとうりょうだん》に されたようだが さぞかし ざわめき立《た》つ ことだろう
奥離《おくり》は私《わたくし》の 加護《かご》の範疇《はんちゅう》 ですから
いずれ 綻《ほころ》びは出《で》る 速贄《はやにえ》は 波乱《はらん》を呼《よ》ぶ 霊代《たましろ》だからな
しかも こやつらは 孵化《ふか》する前《まえ》の 歪《いびつ》な特異体《とくいたい》だ

この子に必要《ひつよう》なのは癒《いや》しと休息《きゅうそく》です
この奥離《おくり》がそのための揺籃《ようらん》となるのであれば私《わたくし》は助力《じょりょく》を惜《お》しみません
それが和子《わこ》の望《のぞ》みでもありましょうから
バザッ
ではせいぜい気張《きば》ってくれ
こやつらが災厄《さいやく》の種《たね》を撒《ま》き散《ち》らさぬように
ト

■ 2 ■

過去。

現在。

未来。

時間の流れを三区分する、点と線。

昇竜湖《しょうりゅうこ》にまつわる因縁――過去《バス事故》と現在《慰霊碑破壊》を結ぶ生き証人として『海棠拓巳《かいどうたくみ》』の存在が世間の注目を集めてはいたが、時間は経っても、その元凶であるところの慰霊祭で起きた摩訶《まか》不思議な現象は何ひとつとして解明されないままだった。

ゆえに、それは、真昼のオカルト・ミステリーと呼ばれた。
＊＊奇っ怪な爆裂事件に進展なし＊＊
＊＊目に見える事実はあっても動機も手段も不明。謎だけが残る＊＊
＊＊霊障という名の白昼夢？＊＊
＊＊あるいは――超自然現象か？＊＊
＊＊警察の捜査、行き詰まる＊＊
メディアが世間を煽《あお》る言葉は様々だったが、現代科学だけでは解明できない人知を越えたなんらかの事象があったことはもはや否定できない。真顔でそんなことを言い出す連中もいた。

論破できない仮説は立証しようがないからといって、安易に超常現象を持ち出すのはいかがなものか。

理論派と、懐疑派と、夢想派。論争は互いの主張を譲らない。識者に、専門家に、タレント。彼らが延々と繰り広げる議論を冷めた目で見ている傍観者も多数いたが。

それでも、万人が納得するような結論には至らない。持論を裏付けるための決定打が何ひとつないからだ。事件があまりにも常識外れであるからだ。終いには『海棠拓巳サイキック論』まで出る始末であった。

いったい、そこで、本当は何があったのか？

真実はどこにあるのか？

皆がそれを知りたがっている。当然のことだ。一歩間違えば、十二年前と同様にまたもや大惨事になっていたかもしれないからだ。

一度目は偶発的であっても、同じ場所でまた事件が起きる。それを、ただの偶然とは呼ばない。

——言えない。

【二度あることは三度ある】

ジンクスはバカにできない。笑えない。誰も……笑い飛ばせない。どんなに突拍子もないバカげた事件であっても、あったことをなかったことにはできないからだ。

なのに、警察はいまだにその原因すら特定できないありさまだった。事件が事件だけにどうにも後味が悪すぎる。このままなし崩しに迷宮入りになってしまうのではないか、とさえ言われていた。

警察の威信も何もあったものではない。

答えを知っているのは唯一の目撃者である拓巳だけである。しかし、拓巳は相変わらずの完全黙殺だった。そのふてぶてしい態度が遺族会の神経を逆撫《さかな》でにした。

警察はもう当てにできない。弱腰だからだ。信用できない。だから、自分たちでなんとかしようと思った。

先走った浅慮だった？

——違う。

やむにやまれぬ感情の発露だ。当然の権利だ。

遺族会の強硬派と言われた者たちは、そうやって声高に主張する。自己弁護をする。でなければ、あまりにも惨《みじ》めすぎて。

真相解明を求めて拓巳を提訴すると息巻いていた彼らの行きすぎた言動が世間のバッシングを浴び、その結果として遺族会そのものが空中分解してしまった。

なんということだ。まさか、こんなことになるなんて……。いったい、どうすればいいのか。こんな結末は誰にも予想できなかった。

彼らにすれば茫然《ぼうぜん》自失の体だったかもしれないが、端から見れば、それも結局のところは自業自得でしかなかった。

いったい、どこで、何を間違えてしまったのか？

遺族会の穏健派であった者たちは自省を込めて振り返る。この十二年間を。自分たちの心の支えであった活動が、どうしてここまで変質してしまったのか。真摯《しんし》に見つめ直す必要があった。そうしなければ、何もかもが無駄な努力に終わってしまいそうで。それだけは絶対に避けたかった。

だからといって、今回の事件を世間が無責任に『呪われた十三回忌』呼ばわりするのは許せない。それは死んでしまった子どもたちに対する冒瀆《ぼうとく》だからだ。断じて許せるはずがなかった。

同時に、彼らは事ここに至って初めて疑心暗鬼に陥った。

あのとき、拓巳は確かに叫んだ。

〈仁《じん》ッ。戻れッ！〉

この十二年間、昏睡状態にある御厨《みくりや》仁の名前を。思わずギョッとした。そのあとの記憶がない。曖昧なのではない。プッツリと断絶していた。意識が戻ったときには、なぜか病院だった。

わけがわからない。それこそ、皆、狐に摘《つま》まれたような気分だった。

そして、知らされたのだ。慰霊碑が爆裂してしまったことを。皆が皆、呆気《あっけ》に取られて絶句してしまった。

今、思えば。そこから、何かがおかしくなった。なんだかもう、理性の箍《たが》が外れてしまったかのように感情に歯止めがかからなくなってしまった。自分たちにとって慰霊碑はまさに心の拠《よ》り所だったからだ。

それから紆余曲折《うよきょくせつ》があって、遺族会＝《イコール》ヒステリックなリンチ集団——などという不名誉きわまりないレッテルを貼られ、なし崩し的に遺族会の解散が余儀なくされてしまったことで、なんだか不意に憑《つ》き物が落ちてしまった。……ような気がした。

そうすると、今更ながらにそのことがやけに気になってしょうがなかった。強硬派も穏健派も、皆が同じように。

拓巳はなぜ、あのとき、切羽詰《せっぱつ》まったような怒鳴り声で仁の名前を呼んだのか。

いや、いや、いや……。それ以前に、誰かが拓巳を呼びはしなかったか？

それは、誰だ？

記憶は錯綜する。それが事実なのか、単なる錯覚なのか。それすらも曖昧で。はっきりしているのは、拓巳が仁の名前を口にしたことだけ。

あれはいったい、どういうことなのか。

もしかして、本当に、そこに仁がいたとでも？

いや。

まさか……。

そんな………。

――あり得ない。

それこそ、バカげた妄想である。自分たちは拓巳のように妄想と現実を同一視したりしない。それだけはきっぱりと断言できた。

バス事故以来、拓巳はおかしくなった。

あんな惨劇を体験したのだから、精神状態が不安定になってもしかたがない。可哀相に……。最初は確かにそんな同情論もあった。だが、それも程度ものだった。

その結果、拓巳が『妄想型虚言症』であることが判明した。

見えないものが視《み》えると言って周囲の同情と関心を引きたがる病的な嘘《うそ》つきだった。地元民ならば誰もが知っている事実である。

大学病院の高名な精神科医がそう診断したのだ。皆、それを信じて疑わなかった。拓巳の両親でさえも。

幽霊が見える。

お化けがいる。

火の玉が飛んでいる。

何かわからないけど、そこにいる。……エトセトラ、エトセトラ……。

まるでバス事故の傷口に指を突っ込んで引っかき回すかのような拓巳の言動が理解できなかったからだ。

けれども。それが病気――精神疾患の一部であるのなら、少なくとも納得はできる。容認できるとは限らなかったが。

地元民にとって、拓巳は薄気味悪い左目を持った視界の異物であった。わからないことを理解する努力をするよりも排除するほうが簡単で楽だった。いや……変に関わりたくなかった。

そもそも、同じ被害者であるはずの遺族会が拓巳をあからさまに忌避しているのだ。下手に庇《かば》って遺族会の心証を悪くするのは避けたかった。地域住民として、そんな打算があったのは否めない。

遺族会にしてみれば、今になってそんな責任転嫁をされるのは業腹なだけだが。遺族会と海棠家と和田《わだ》家、その三者との間であからさまな確執があったのは事実だ。

むしろ、拓巳と光希《こうき》がバス事故後におかしくなってしまったのは天罰だと思えば、いくらか溜飲は下がった。我が子は非業の死を遂げたのだから、生き残りである三人がごく普通に幸せになることなど許されない。不公平だ。そんなふうに思っていたことは……否定できない。いきなり突然、愛する子どもを亡くしてしまった喪失感は彼らの心まで歪《ゆが》めてしまった。

しかし。もしも……拓巳の言っていたことが真実だったとしたら。

――どうなる？

バカな。そんなことは絶対にあり得ないッ。即座に否定して。次の瞬間、ふと思う。

でも。

だけど……。

ひょっとして…………。

唐突に、頭の隅で得体の知れない怖気《おぞけ》のようなものがジワリと滲《にじ》み出る。

ありえない。

……アリエナイ。

…………あり得ない。

頑《かたく》なに否定しても、いったん滲み出た妄想は止まらなかった。否定すればするほど、思考を侵蝕《しんしょく》し続けた。まるで脳に巣くった悪性腫瘍のように。

じわじわ……と増殖して。

じゅくじゅく……と膿《う》んで。

頭の芯を、こめかみを、胸を、きりきり……と締め付けた。

もしも。万が一。それがただの妄想でも虚言でもなかったとしたら？　拓巳には、本当に視えていたのだとしたら？

世間にバッシングされて、憤り、憤慨して、頭が芯から煮えて、神経がささくれた果てに遺族会の者たちはふと思い返す。

あのとき、本当は何があったのか。何を見たのか。何を知っているのか。なぜ、拓巳がそれを見たはずだと、知っているに違いないと、どうして自分たちは確信しているのか。

その事実に気付いて——不意に気付かされて、彼らは我知らずゾッとした。それはこの十二年間、あり得ないものが視えるという拓巳を執拗《しつよう》なまでに否定し続けてきた彼らの主張を根底から覆《くつがえ》すことにほかならないからだ。

十三回忌の慰霊祭で起こった超常現象。いや、実際にあれがそういうものであるかどうかもわからないが。世間で興味本位で言われているように、それが死んでしまった子どもたちの祟《たた》りなどとは誰も信じてはいない。信じるわけがない。それどころか、亡くしてしまった我が子を貶《おとし》めるような発言には心底虫酸《むしず》が走った。

だが。

もしかして。

本当に、もしかしたら……だが。

死んでしまった子どもたちの魂は、あそこでずっと彷徨《さまよ》っているのだろうか。成仏できないまま？　今生《こんじょう》に留まっている？

拓巳にはそれが視えているのか。

だから、十二年間、拓巳は一度も慰霊祭に来なかったのだろうか。あそこには、かつてのクラスメートの霊魂が漂っているから？

——バカバカしいッ。

そんなことは、あり得ないッ！

吐き捨てて、叩《たた》きつけて、踏みつけにして——否定する。断固、拒絶する。するしかなかった。

自分たちが間違っていたと認めるのが屈辱だった。でなければ、この十二年間、自分たちがやってきたことがすべて徒労に終わってしまいそうで。

遺族会の中には自称『霊能者』を名乗る詐欺師に騙《だま》されて大金を貢《みつ》いだ者がいる。得体の知れない新興宗教にのめり込んだ者もいる。内心、バカな奴だと皆が蔑《さげす》んだ。

自分たちはそんなバカじゃない。そう思っていた。

死んだ者の魂が見えるなんていう輩《やから》は、人の不幸につけ込んで金を毟《むし》り取る悪質な詐欺師である。騙す奴は悪いが、簡単に騙される者はもっと愚かしい。同情する気にもなれなかった。

真実が知りたい。

——もちろんだ。あの日の悲劇を風化させないために慰霊碑を建て、皆で支え合い励まし合ってきたのだ。

どんな真実であっても受け入れる覚悟はある。

——つもりだった。いや、当然、そうであるべきだと思っていた。

けれど。もしも、それが常識の範疇《はんちゅう》を超えた、まったく予想もできない事実であったとしたら。

——どうする？

彼らが妄想の産物だと嫌悪して唾棄《だき》してきた真実だったとしたら。

——どうなる？

我が子が昇竜湖で地縛霊になっているなんて、あり得ない。そんなことは絶対にあり得ないッ！

即行で全否定したいのに。脳裏にジワリと滲んだ毒《妄想》が思考を蝕《むしば》んで、消し去りたいのにどうしても消えなかった。

遺族会が世間に大バッシングされていた頃、その煽りをくって海棠家の家族も容赦なく誹謗《ひぼう》中傷された。バス事故の後遺症で、左目を失明してしまった拓巳が陰湿なイジメに遭っていたことがマスコミに暴露されてしまったからだ。

《悲惨な事故の生き残りってだけでもストレス過剰なのにその被害者をイジメるような奴らって、ホント、人間のクズだよな》

《遺族会の連中もそうだけど、K君の親もさぁ、どうなんだろうね》

《だよなぁ。学校でイジメられてるのがわかってるのに、結局、何もしなかったってことだろ？》

《普通はさ。自分の子どもが『エイリアン』呼ばわりされたら、ブチキレて学校に殴り込みじゃね？》

《そいつら全員、鉄拳制裁……とか？》

《そこまで過激じゃなくても、言われっぱなしヤラレっぱなしって、親としてはどういうこと？……みたいな？》

《ある意味、親も同罪だよねぇ》

《それって消極的な虐待とか言うんじゃない？》

《ホント、ホント。親の資格ないんじゃねーの？》

ネットではすでに、その手のイジメを黙認していた学校の責任追及や当時の加害者らしき者たちの実名公表などという正義漢気取りのリベンジ・バッシングがひとつの社会問題となっていたが、同様に親の責任を追及する声も多かった。もちろん拓巳本人はそんなことを望んでもいなかったが、そのうねりは止まらなかった。

単に親だけの問題ではない。拓巳の双子の弟妹である翔太《しょうた》と瑠璃《るり》にとってはネット世界だけではない現実的な実害もあった。

「ほら、あの子でしょ？　K君の妹って」

「お兄さんのこと毛嫌いしてるって……ホント？」

「それって、あり得なくない？」

「すっごいキツイ性格してるらしいよ？」

「あのバス事故でみんなと一緒に死んでしまえばよかったのに……とか、マジで言ってたんだって」

「何、それ。ひっど〰〰い。サイテーじゃん」

噂《うわさ》は駆け巡る。人の口から口へと、おもしろおかしく転がっていく。

それが事実であるかどうかは関係ない。どうせ他人事だからだ。無責任にもほどがあるが、皆で同じ話題で盛り上がれるかっこうの鉄板ネタでありさえすればあとのことはどうでもよかったのだ。

「なぁ、なぁ。三組の海棠翔太って、例の奴だろ？」

「兄貴、マジで幽霊とか見えるらしいぞ」

「スゲー。ほんまモンの霊能者？」

「やっぱ、大惨事の生き残りって何かが憑いてるんだよ」

「それも、ちょっと不気味ぃ」

「けど、弟はなんの取り柄もねーんだ？」

「イケメンな兄貴とはぜんぜん似てないブサメンらしい」

「あー……コンプレックスの塊ってやつ？　ありがち、ありがち」

「だから、兄貴のこと嫌ってんだ？　なっさけねー」

露骨な視線がブスブス突き刺さる。スキャンダルの有名税……とばかりに。好き勝手に扱《こ》き下ろす連中にとっては、所詮は余所事《よそごと》だからだ。

学校では何かと噂の的だった。今まではよくも悪くも平凡すぎる地味男《ジミオ》で同学年ですらその存在も知られていなかったのに、学年差を越えて一気に有名人になってしまった。しかも、悪い意味で。不本意の極みどころではない。本気で拓巳を呪いたくなった。

双子は高校三年生。通っている高校は違うが、これから本格的な大学受験モードが控えている二人にとってそれは予想外の……いや、理不尽きわまりない厄介事《やっかいごと》であった。

ザワつく視界の煩《わずら》わしさ。

あからさまに後ろ指をされる不快感。

否応なくストレスが溜まっていく疲労感。

ネット上での中傷は見なければそれで済むが、学校生活は別物だ。ある意味、逃げ場のない四面楚歌も同然だった。

イライラする。

ムシャクシャする。

言葉にならない怒気が込み上げてくる。

吐き出せずに蓄積するどす黒い感情が身体の中で渦巻いていた。ほんの些細《ささい》なきっかけひとつで爆発しかねない危うさを秘めて。

拓巳が高校卒業と同時に家を出たとき、すでに兄弟妹間の軋轢《あつれき》は最悪なまでに険悪だった。といっても、弟妹が一方的に拓巳を嫌っていただけなのだが。拓巳が家を出ることでようやく待ち望んでいた家族の平穏が得られた。

心底ホッとした。

少なくとも、それ以降はそれなりに無難だった。そのために高校も地元からは一番遠くの学校を選んだようなものだ。それもこれも、拓巳という疫病神の影響から逃れたい一心で。それを思えば通学時間の長さなど苦にならなかった。

その時点で。難関と言われる女子大付属高校に合格した瑠璃と、本命とはほど遠い私立校にかろうじて滑り込んだ翔太とではその明暗もくっきり分かれてしまったが。

なのに。今回の騒動でまたもや不快な思いをさせられることになり、双子の怒りのボルテージも右肩上がりでささくれた神経も擦り切れてしまいそうだった。

拓巳の実名が報道されたわけではなくても、翔太と瑠璃が実の弟妹であることはすぐに知れ渡ってしまった。今どき、ネットで検索すればその手の情報はいくらでも転がっているからだ。

誰かが情報提供を呼びかければ、即座に書き込みで答える。今の世の中、なんの信憑《しんぴょう》性もない『たら・れば』の話であっても、拡散してしまえばいつの間にかそれが事実になってしまうものなのだ。そうやって見知らぬ他人と情報を共有し、共感し合うことがさも素晴らしいことのように錯覚する。当事者の苦痛も苦悩も、常識外に追いやって。

ネットは怖い。皆が自覚のない共犯者も同然だからだ。噂を垂れ流しにしても罪の意識もない。

今回、世論は拓巳に対する同情論が圧倒的だった。遺族会だけではなく、自分たち家族も謂われなきバッシングを受けた。これまでは地元限定であったスキャンダルが全国区に飛び火して絶対に思い出したくもない過去の出来事まで詳細にほじくり出される苦痛に、双子は拓巳を更に恨んだ。

(なんでだよ？　あいつのせいで、僕たちの人生メチャクチャじゃないか)

翔太は憤る。

(どうしてあたしたちばっかり、こんな思いをしなくちゃならないのよ)

瑠璃は義憤に駆られた。

なぜ？

どうして？

いつも自分たちだけが、強制的に貧乏くじばかりを引かされるのか？

ムカつく。

苛《いら》つく。

どうにも胸くそが悪くなる。

あまりにも不公平すぎる仕打ちだった。それを思うと、抑えに抑えて鬱屈《うっくつ》した感情に新たな火柱が立った。自分たちをバッシングする世間《他人》よりも、すべての元凶である実の兄が憎くて憎くてたまらなかった。

当然のことながら、地元ではいまだに拓巳を忌避する声が強い。それは、拓巳が悲惨なバス事故の生き残りだから……だけではない。拓巳が病的な嘘つきだからだ。

霊感？

霊能？

霊視？

そんなものは自意識過剰の嘘事《うそごと》である。自分は人とは違う才能があると思い込んでいるだけの現実逃避にすぎない。

幽霊だの地縛霊だの魍魎《もうりょう》だのが、本当にいるはずがない。そんなことを平然と口にする神経がわからない。人を不快にさせるだけなのに。

怪談話もホラー・ハウスも作り物だとわかっているから楽しめるのだ。ワーワー、キャーキャー、皆で盛り上がれるのだ。それ以外の価値なんてない。

心霊写真なんて、くだらない。そんなものに簡単に騙される連中なんて、本当にくだらない。UFOを見たと言われたほうがまだしも信じられる。

小学校時代は、そんな拓巳のせいでイジメにあった。双子に言わせれば、思い出したくもない惨めな黒歴史である。

誰も庇ってはくれなかった。当時の担任は口ではあれこれと通り一遍の正論を語るだけで、実際は見て見ない振りをした。

周囲もそれに同調した。

親も頼りにはならなかった。

いや……親も拓巳の奇異な言動に振り回されて周囲からは白眼視され、それどころではなかったと言うべきか。

あの悲惨なバス事故で奇跡的に生き残ったのはたったの三人だけだ。拓巳と和田光希と御厨仁である。

二年三組の生徒は三十五人もいたのに、どうして仲のよかった三人組だけが生き残ったのか。なぜ、選ばれたのがあの三人だったのか。

その理由は——なんだ？

純粋な疑問だった。

常識では考えられない出来事が起こるのが奇跡だが、何がクラスメートの生死を分けたのか、その根拠《必然性》くらいはあるだろう。神様だって依怙贔屓《えこひいき》はする。この世の中、誰もが平等なんてそんなことはあり得ないのだから。

だから、建て前はいい。真実が知りたい。そう思うのが当たり前だろう。

遺族会の連中は特に、それが顕著だった。それしか考えられなくなって墓穴を掘り、結局は空中分解してしまったが。

光希はバス事故後にところ構わず奇声を発して唸《うな》り回り、人格が崩壊した。常時暴力をふるったわけではないが、その目つきは誰が見ても異常だった。

意味不明に唸って周囲を威嚇《いかく》する。まるで狂犬だった。皆が光希を恐れて遠巻きにし、目も合わせない。親も子ども教師も、誰もがそうだった。その中で、拓巳だけが光希の味方だった。

病的な嘘つきと人格破綻者。いったい、どちらがマシなのか。……わからない。わかりたくもなかった。

二人は視界の異物だった。一人でも悪目立ちなのに、二人揃うと視界が灼《や》けた。本当に最悪なコンビだった。

和田家も光希のせいで家族関係が悪化して、ついには壊滅した。父親はアル中、母親は家庭放棄、兄は家出。一家が離散して跡形もなく消滅しても誰も驚かなかった。

〈あー、やっぱり……〉

〈あれじゃあ、ねぇ〉

〈今までよく保ったほうなんじゃない？〉

皆がこっそり漏らしただけで。別に秘密でもなんでもない。地元民ならば誰もが知っている事実である。

和田家が崩壊して光希は児童福祉施設に引き取られることになり、地元での脅威はなくなった。皆がホッと胸を撫で下ろした。

仁は発見されたときには意識不明で、この十二年間ずっと昏睡状態である。だから、周囲の者たちは誰もが……遺族会の連中までもが同情的だった。生きているのに死んだも同然だからだ。御厨家は奇跡の代償を払った。どこからも文句は出ない。

昏睡状態の仁はその手の療養施設にいるが、妹である愛美《まなみ》は過剰に同情されてもイジメとは無縁だった。御厨家が資産家であり地域の名士で皆に一目置かれているからだ。たとえ仁がそういう状態でなかったとしても、きっと、誰も愛美をイジメの標的にしたりはしなかっただろう。

家の格が違うということは、そういうことである。御厨家にはそれだけの権力がある。もしも、このまま仁の意識が戻らないまま亡くなってしまったとしたら……。口には出さないだけで地元民は皆そう思っている。十二年は長すぎる。いいかげん諦めたほうが楽になれるのにと囁《ささや》かれていた。そうなったら、子どもは愛美しかいない。御厨家の跡取り娘と仲良くしたい者はいてもその逆はまずないだろう。

だが、海棠家は違う。よくも悪くもごく普通。家は持ち家だが多額なローンが残っているから、双子が泣いてせがんでも他所に引っ越すことなどできなかった。

そのせいで親を恨んだこともあった。あの頃は、バス事故のことなど誰も知らない町に行けば、それですべてが丸く収まるに違いないと思っていた。——思いたかった。

物事はもっとシンプルだと思い込んでいた。だから、引っ越しという最善の方法を取ってくれない親がただただ恨めしかった。

しかし。たとえどこに引っ越したとしても、拓巳が双子の兄である限り何も変わらなかっただろう。今、この騒ぎの渦中にあって嫌でもそれを痛感させられた。拓巳が自分たちの兄である限り、汚名も烙印《らくいん》もずっとついて回るのだ。

あー、いやだ。イヤだ。嫌だッ。海棠ではなく、いっそ別の名前になりたい。ずっと、そう思っていた。

同じ生き残りの家族なのに、病的な嘘つきである拓巳のせいで海棠家だけが目の敵にされている。

悲惨なバス事故で皆がピリピリしていた。特に、遺族会の連中はそうだ。誰かに八つ当たりをして鬱憤を晴らさなければやっていられないとばかりに、いつも何かしら難癖をつけてきた。親がそうだから、残された兄姉弟妹たちもそれに倣《なら》って攻撃的だった。

双子に言わせれば、子どもが無惨な死に方をしたせいで遺族会という圧力集団《モンスター》ができたようなものだ。地元の誰もが、いつでも、どこでも連中の顔色を窺《うかが》っていた。迂闊《うかつ》なことを口走って連中の逆鱗《げきりん》に触れないように。だから、双子は遺族会の連中が大嫌いだった。

和田家は一家離散し、仁は昏睡状態。地元にいるのは拓巳だけ。だから、格好の標的にされているのだ。海棠家は地域のスケープゴードにされているのも同然だった。

拓巳と弟妹であるというだけで、どうして自分たちまでもがその対象にされなければならないのか。

――不公平すぎる。

遺族会の言い分がすべて正当であるとは思っていないが。拓巳が病的な嘘つきであるのは間違いない。だが、どうして、自分たちだけがこんな不当な目に遭わなければならないのか。

――理不尽すぎる。

それもこれも、拓巳が生き残ったからだ。双子にとっては拓巳が生きているというだけで多大なストレスだった。

本当に、なぜ、あのバス事故でクラスメートと一緒に死んでしまわなかったのだろう。そうすれば、皆が幸せのままでいられたのに。誰も恨まず、憎みもされなかったのに。

双子はそれを考えずにはいられない。拓巳のせいで、自分たちの人生まで狂わされている。昔も、今も。そして、たぶんこれから先もずっと。それを思うと、今更のようにゾッとした。

皆が拓巳を『エイリアン』と蔑むのは、怖いからだ。人格破綻者である光希とは別の意味で。瞳孔《どうこう》が開ききったあの左目は不気味だった。ただ薄気味悪いだけではない。ゾッとするのだ。まともに直視することもできない。身内ですら、そうなのだ。だから、忌避するしかない。

ほかに、どうしろと？

事故の後遺症で拓巳が左目を失明したという事実しか知らない者は、遺族会や自分たち家族を不当にバッシングする連中は、そういうもろもろの現実がまるでわかっていない。事の真実がどこにあるのかも知らないから、したり顔で平然と正論をブチカマしていられるだけなのだ。

それが――本当に悔しい。悔しすぎて胸くそが悪くなる。ドロドロとした不快を通り越して憤激さえ覚えるのだった。

拓巳なんて、自分たちの人生から永遠に消えてほしい。今、すぐにでも。それが海棠家の双子にとって唯一の望みだった。

■ 3 ■

御厨家。

光希が奥離《おくり》で暮らし始めて、五日目。すべては思った以上に順調だった。

仁と拓巳の顔を立てるために二、三日くらいはおとなしくしておいて、あとはトンズラすればいいか……ぐらいに思っていた光希自身、予想外なほどに居心地がよかった。

ここにいる限り、光希を悩ませていた――まともな日常生活をおくれないほどに苦痛だったノイズとは無縁でいられる。

驚いた。

唖然《あぜん》とした。

――絶句した。

まるで別天地である。

（奇跡ってあるんだな、ホントに）

この十二年間、光希が渇望しても得られなかったささやかな幸せがここにはある。

（これって、別な意味でヤバイかもな）

ふと、それを思わずにはいられない光希であった。


土曜日。

拓巳は光希に会うために御厨家を訪れた。仁からはそれなりに話は聞いてはいたが、やはり、自分の目で光希の様子を確かめたかった。

雑誌の仕事《イラスト》の締め切りが迫っていて光希のことは気になりつつもなかなか会いに行けなかったこともあるが、正直、仁の母親と顔を合わせるのはなんとなく気が重かった。光希を奥離に住まわせるための交換条件が仁の代弁をすることだったからだ。

「大丈夫。今日はお母さん、友達と昼食会だから。家には愛美がいるだけ」

仁はそう言うが、それはそれで問題がありそうで。なにしろ、愛美は昔から拓巳に対して天敵モードが入っている。

拓巳、仁、光希の三人は幼稚園からの幼馴染《おさななじ》みである。やんちゃな元気玉、園児にしてすでに気遣いの達人、天然ゆるキャラ……性格的には何ひとつ被ることはなかったがとりわけ仲がよかった。人気者だった仁の家に呼ばれない者たちのヤッカミはすごかったが、陰口は叩いても面と向かってそれを口にする者はいなかった。

人の悪口を言う奴は嫌い。気遣いはしても誰にでも優しいわけではない仁がそれを公言していたからだ。

拓巳と光希は暇さえあれば御厨家に入り浸っていた。広々とした奥離は四季を通してお気に入りの遊び場であったからだ。

いつも、三人一緒。それが、愛美の機嫌を損ねる原因になっていた。

あの頃、愛美はかなりのブラコンだった。仁は思いやりがあって、優しくて、格好良くて。その上、面倒見もよかった。幼いながらも、愛美にとっては自慢の兄だったろう。独り占めにしたいと思うのは、ごく自然の成り行きでもあった。

なのに、仁の遊び相手は愛美ではなく拓巳と光希だった。

単純に考えて、遊びたい盛りの小学生にとって幼稚園児の妹などただの足手まといにすぎないが、ブラコンの愛美には兄が妹の自分よりも赤の他人である拓巳たちを優先するのが許せないことだったに違いない。それがなぜ、拓巳限定だったのかはわからないが。

〈タッくん、きらい〉

面と向かって、はっきり言われてしまった。

〈もう、おウチにきちゃダメ〉

泣かれてしまったこともある。

〈愛美のお兄ちゃんなんだから、とらないでッ〉

仁もほとほと困り顔だった。拓巳自身は愛美に嫌われたところで別になんともなかったから右から左へ聞き流しにしていただけだが、もしかしたら、そういう拓巳の態度にも多少問題があったのかもしれない。

今のところ、仁の優先順位としては自分のことよりもまず光希だった。家族に幽体離脱状態であることを暴露してしまうことにはそれなりの抵抗感はあったのは事実だ。いつ本体に戻れるのかわからないのに無駄な期待をさせたくないという理由で、だが。拓巳が危惧していたほどの悲壮感はなかった。むしろ、別の意味で吹っ切れた感さえあった。

「たとえどんな形であれ、ぼくという存在と繋《つな》がっていられることが嬉しい。お父さんもお母さんも、そう言ってくれたしね。だったら、もう、それでいいかなって。それにタッくんの言葉に嘘はないってことを証明できたことが、やっぱり、ぼくとしては一番嬉しいかな」

拓巳としても、御厨の両親と和解ができたことは素直に嬉しい。自分の家族と分かり合えることはほぼ絶望的だからだ。

だからといって、手放しで楽観してはいられない。

まずは、第一歩。この先、光希絡みではまだいろいろとクリアしなければならない問題があった。

しかし。この十二年間ほとんど接触がなかったにもかかわらず、相変わらず愛美に嫌われているという事実は消えない。いや……ますます酷《ひど》くなっていると言うべきか。

刷り込みという名の弊害？

交換条件をつけて家の中に他人《光希》を無理やりねじ込んできたと、愛美は思っているのだろう。否定はしない。それによって拓巳に対する愛美の嫌悪感が加速してしまったとしても、まぁ、しょうがない。

本当に今更だったからだ。

(それでも、おふくろさんに質問責めにされるよりはマシかもな)

基本、仁のいないところで仁の代弁はしないと明言してあるが、仁の母親に限らず『母親』というカテゴリー自体が苦手だった。

拓巳が家を出るまでずっと、まるで腫れ物にでも触るような自分の母親の態度を見てきたからだ。会話は必要最小限度でまともに目を合わせようともしなかった。

歩み寄りの欠片《かけら》もなかった。そうなってしまった原因のひとつが自分にないとは言わない。だが、必死に差し出した手を邪険に振り払ったのは母親だった。

父親とはとうに隔絶していた。ある意味、拓巳の存在を視界から無理やり排除していたに等しい。そうしなければ、奇異なことを口走る我が子を問答無用で殴りつけてしまいそうだったのだろう。

実際、一回だけだが平手打ちにされたことがあった。父親にしてみれば衝動的に手が出てしまったに違いない。そのときの痛みと驚愕《きょうがく》と憎々しげな父親の形相を、拓巳はいまだに忘れてはいない。

当時。拓巳は不当に貼り付けられた『虚言症』というレッテルが間違っていることを証明したくて、ムキになっていた。苛立っていた。意固地にもなっていた。

周囲の無理解はどうでも、せめて自分の親にだけは信じてもらいたかった。自分が病的な嘘つきなどではないことを。だが、拓巳が頑張れば頑張るほど事態は悪化した。それも凶悪的に。

父親に殴られたことで拓巳はすべての努力を放棄した。自分が何をどう頑張ってもできてしまった亀裂は埋まらないと思い知ったからだ。ヤンチャ気質の拓巳の子ども時代は、その瞬間に終わった。

以後、拓巳はまったく自己主張をしなくなった。言葉では。何を言われても黙殺した。それでも懲りずに絡んでくる連中には無言で睨《ね》め付けてやった。瞳孔の開ききった左目で瞬きもせず見据えた。

周囲は相変わらずザワついてはいたが、そのうち、誰も拓巳とは目を合わせなくなった。シカト、上等。いっそ、清々したくらいだ。

双子の弟妹とは更に険悪だった。拓巳と同じ空気を吸っていたくないという態度がミエミエで、絶対に顔を合わせないように食事の時間すらズラしていた。

母親はそれを咎《とが》めもしない。拓巳も何も言わない。そして、拓巳は完全に自分の居場所をなくしてしまった。

和田家は母親が新興宗教にのめり込んで派手に空中分解してしまったが、海棠家の実情も似たようなものだった。むしろ、家族全員が言いたいことも言えずに言葉を無理やり呑《の》み込んで鬱々と不満を溜め込んでいた分、海棠家のほうがはるかに問題の根は深かったかもしれない。

拓巳が家を出たあと家族がどうなっているのか……知らない。知りたいとも思わなかった。その時点ですでに、拓巳の中では家族という絆が消滅していたに等しい。それが悲しいとか虚しいとかいう感情すらなくなってしまった。

御厨家で拓巳を出迎えたのは愛美だった。顔を合わせるなり、何しに来たのよ?――と言わんばかりの態度だった。

歓迎されていないのは百も承知である。今更、変に取り繕う気にもなれない。

「じゃあ、タッくん。ぼくは向こうで待ってるから」

拓巳と愛美の無言睨《にら》み合いをさっくり無視して、仁が奥離へと走り去る。仁も、それなりにいい性格をしている。見かけも口調も小学二年生のままだが、精神年齢はもしかしたら拓巳よりも上かもしれない。

「光希の顔を見に来ただけ。用が済んだらさっさと帰る」

簡潔にそれを口にして、拓巳は勝手知ったる足取りで奥離へと向かった。背中に突き刺さるような愛美の視線を感じたが、別に気にもならなかった。

拓巳は愛美に喧嘩《けんか》を吹っかけたいわけではないが、ことさらに好かれたいとも思わなかった。ただ、今は光希のこともあるから愛美とモメるのは何かと面倒くさい。そう思っているだけだった。

【人生に無駄な努力というものはない】

どこかの誰かの名言らしいが、それも場合によりけりである。

人生には努力だけでは開かれない扉がある。

その事実をあえて誰も口にしないが。無駄な努力というものがどれほど虚しいことか、拓巳はよく知っている。一度貼り付いてしまったレッテルは自身の努力だけでは決して剝《は》がれない。

やたら『ポジティブ』を連呼する奴ほど胡散《うさん》臭いものはない。努力をすることは無価値ではないかもしれないが、頑張るだけで人生の経験値が上がるほど世の中は甘くない。挫折を実体験したからって、それで他人に優しくなれるわけじゃないのと同じだ。痛みを共有することができるなんていう思い上がりは、それこそただの傲慢だろう。

他力本願とは、なんの努力もしないでただラッキーが落ちてくるのを待っているだけだが。いくら努力を重ねても、偏見に満ちた周囲の見る目が変わらない限りどうにもならない現実は確かにある。

話せばわかる。

それはただの理想論であって、必ずしも正論ではない。そのことを、拓巳は嫌というほど実体験してきたからだ。

いいかげん、ヒネて性格もねじ曲がる。その自覚はある。多少性格が歪んでしまったとしても、それなりに自活できているのだから拓巳的にはなんの問題もなかった。そういう拓巳のふてぶてしい態度が更に周囲――主に遺族会である――との軋轢を生んだとしても、それは相手方の問題であって拓巳には関係ない。

拓巳は決して孤独ではない。仁がいて、光希がいる。それだけで充分だった。

幸せの定義は人それぞれである。たとえ傍目《はため》にはそうは見えなくても、本当に大切な物がなんであるのかを自覚している者が最強なのだと思う拓巳だった。

奥離では光希と仁が拓巳を待っていた。

「どうだ、調子は」

拓巳の第一声はすでに定番と化している。それだけ、光希のことが心配なのだ。

めったに電話にも出ないし、メールの返信もたまにしか寄越さない。それじゃあ携帯電話を持っている意味がねーだろ――的なことが光希の日常だったので、ウザイと思われても口にせずにはいられないのだった。

「まぁ、フツー」

抑揚の薄い声で、素っ気なく光希が答える。

だが、光希の顔色は思っていたよりもずっといい。最後に携帯電話で話をしたときには本当に具合が悪そうだったことを思い出して、拓巳はとりあえず安堵《あんど》した。

「よく眠れてるようだな」

だから、そういうことなのだろう。見た目、眦《まなじり》の険が取れて、顔つきが少し柔らかになったような気がした。

「あー。よけいなノイズがないからな」

淡々と光希は口にする。

「そうなのか？」

初耳である。返す目で仁を見やると。

「……みたいだよ？」

ニコリと笑った。

「なんか、ここは特別って気がする」

本音で。だから、トンズラしようと思っていたことは秘密だ。もう、そんな気もすっかり失せてしまったが。

「やっぱり、この奥離には亜魅《あび》様の加護があるんだよ」

仁がドヤ顔で胸を張る。仁にとってもここは特別な場所なのだ。

「まぁ、そうかもな」

否定できない。ほぼ十年ぶりにこうやって奥離に足を踏み入れてみると、あの頃とは明らかな違いがあった。

一言で言うなら、清浄。ここだけ、大気の流れが違うのがわかる。

清浄であるのに、色も匂いも感触も、何もかもが濃密なのだった。それが仁の言うところの『加護』であるなら、奥離そのものが御厨家を守護するための結界なのだろう。

（御厨家って、やっぱスゲー……。ただの成り上がりとは格が違うって感じ）

すんなりと納得してしまえた。

サングラス越しではあるが、拓巳の視界もいつもよりはずっとクリアだった。その中でも一際の存在感を放つ樟《くすのき》を見やる。そこには御厨家の守護者である亜魅がいつものようにひっそりと息づいていた。

「たまに、視線を感じる」

それは初耳とばかりに。

「え？　どんな？」

すぐさま仁が突っ込んだ。

奥離のことならばすべて把握しておきたいというより、幽体離脱状態になってから、視覚と聴覚は問題ないがその他の感覚を失ってしまった仁にとって、言葉の意味を理解してその感触を思い出すしか術《すべ》がない。

だから、ついつい饒舌《じょうぜつ》になってしまうのだ。そういう感覚が麻痺《まひ》してしまっても、それを忘れてしまいたくないから。ちゃんと覚えていたいのだ。必要なのだ。自分が自分であるために。

「よくわかんねーけど、ときどき誰かに見られてるような……」

「タッくん、どう？」

仁は興味津々で拓巳に振る。

（どう……と言われてもなぁ）

ざっと周囲に視線を巡らせても、大気が濃密なこと以外、特に気になるようなところはない。

「亜魅様がいるだけ」

とたん、光希は小さくプッと噴いた。

「なんだよ？」

「……別に」

言いながらも、光希の肩がわずかに揺れていた。

（仁が様付けで呼んでるのに、俺が呼び捨てにはできないだろ）

御厨家にとって『亜魅』は家護《いえも》りの御神木である。部外者であっても、相応の敬意を払うのが礼儀というものだろう。

それよりも、何より。久々にくったくのない光希の笑顔を見ることができて、拓巳は胸の奥が不意にジンと熱くなった。光希をこの奥離に連れてくることができて、本当によかったと思えた。


そんな三人の様子を、愛美は物陰からこっそりと見ていた。といっても、実際、愛美には拓巳と光希の姿しか見えていなかったが。

（なによ。拓巳君も光希君も、フツーに笑えるんじゃない）

そんなこと、思ってもみなかった。

本音で驚いた。

いや。むしろ、思わず絶句してしまった。

愛美の目の前にいるのは、昔の面影の欠片もない二人だった。サングラス越しに他人を見下して拒絶する拓巳と、無口・無愛想を通り越して下手をすると視線だけで人を殺せそうなほどに凶悪な顔つきをした光希である。はっきり言って、どちらも積極的に関わりたいタイプではない。特に。同じ敷地内にいても、必要不可欠でもない限り光希には近寄りたくない。苦手だから……なのではない。単純に怖いからだ。

光希は存在自体が怖い。まるで、光希の周りだけ異次元のバリアが張り巡らされているかのようだった。

拓巳にはそれなりに面と向かって自己主張することもできるが、光希には無理。絶対に……無理。想像するだけで息が詰まる。足が竦《すく》む。腰が引ける。第一、声をかけたところでまともに会話が成立するとも思えなかった。

歳月は人を変える——とは、よく聞く話だが。光希ほど凶悪的に変貌した人間を、愛美はほかに知らない。

愛美がいるところからは遠すぎて、彼らが何をしゃべっているのかも、その顔付きもわからないが、ときおり風に乗って笑い声がするのが聞こえた。それが、愛美にとってはある意味衝撃的だった。

なんだか昔のことまで不意に甦《よみがえ》ってきて、うっすらと不快感すら込み上げてきた。

(なんか……ムカつくんだけど。ここはあたしの家なのに……。なのに、なんで？　どうして、二人とも我が物顔で笑っていられるのよ？)

どういうつもり？

——おかしいじゃない。

それって、変でしょ？

幼い頃。仁、拓巳、光希の三人が奥離で遊んでいるとき、愛美はその輪の中には入れてもらえなかった。その記憶だけはやけに鮮明だった。

たぶん年齢差もあっただろうが、拓巳も光希もちっとも優しくなかった。二人には『仁の妹』という愛美の特権が通用しなかった。むしろ、いつでも邪魔くさそうな目で愛美を見ていた。

さすがに仁だけは愛美に気を遣ってときおり声をかけてくれたが、でも、それだけだった。いつもは愛美に優しい兄だったが、二人といるときには愛美を構ってくれなくなるのだった。

自分だけが爪弾《つまはじ》きにされていた――不快感。疎外感。それを今、別の形で見せつけられているような気がしてなんだかよけいにムカついた。

兄はいないのに。

ここは愛美の家なのに。

まるで自分たちのテリトリーであるかのように寛《くつろ》いでいる二人が、許せなかった。

■ 4 ■

その日。アパートの自室にこもってフリーマーケット用の色紙《イラスト》を描いていると、大神千尋《おおがみちひろ》から電話がかかってきた。

『やぁ、海棠君。元気？』

無駄にエロい大神の美声を聞くのも久々だった。なんだか、わけもわからずつい唇の端が綻んでしまった。

大神とはプライベートで懇意にしているわけではない。

大神が個人的趣味でやっている霊障の検証の手伝いという特殊な関係……つまりは、まだまだ生活基盤が不安定な拓巳にとっては貴重な現金収入源《アルバイト》という繋がりである。しかも、不定期。

大神は拓巳が視えることを知っていて、それを忌避しない人間だった。あの日、ホテルの打ち合わせで偶然の出会いがなければ、同じ業界で仕事をしているとはいえ、大神のような超売れっ子のベストセラー作家とは知り合うきっかけすらなかっただろう。

まさに、縁とは奇妙なものである。どこで、どういう出会いがあって、それがどんなふうに発展するのか誰にもわからない。

そういう経緯があって大神には特に気を張る必要を感じなかったせいもあるが、このところ仁や光希以外の人間とまともに会話をすることもなかった拓巳にとっては、いつもの日常がようやく戻ってきたようにも感じられた。

「どうも。お久しぶりです」

『いろいろ大変だったようだね』

さらりと口にする声音《トーン》に特別な含みは感じられない。だが、今回のことで大神にはもろもろバレまくりになってしまったのは間違いないだろう。

「まぁ、それなりに……ですけど」

拓巳にとって大神は得がたい理解者である。だからといって、必要以上に馴れ合いたいわけではない。

拓巳は自分が周囲に馴染まない視界の異物であることは自覚しているが、家族が思っているような歩く疫病神もどきだと思ったことは一度もない。誰が何をほざこうが、十二年前のバス事故に関して、大惨事の生き残りである自分たちが不運な被害者であることに間違いはないのだから。

けれど。それを酒のツマミにしたいとは思わない。絶対に。

あれは、拓巳たち三人にとって過去の出来事ではないからだ。いまだに引きずっている禍根《かこん》だからだ。だとすれば、それなりの線引きは必要だろう。相手が稀少な理解者である大神であっても。

『今、いいかな？』

「あ……はい」

また、霊視のアルバイトだろうか。

だったら、今のところはパスしたい。いろいろな意味で。貴重な現金収入を失うのは確かに痛いが、拓巳にも譲ることのできない優先順位というものがあった。

そう思っていたら。

『実はね、ちょっと海棠君に相談したいことがあって』

どうやら、違うらしい。

「相談……ですか？」

少しだけ困惑する。

『電話じゃなんだから、海棠君さえよかったら、こっちに来てもらってもいいかな？』

大神の自宅兼仕事場は都内の一等地にある超高級マンションであるらしい。もちろん、公表はされていない。業界的情報である。ベストセラーを連発する大作家だから、それも当然かもしれない。

噂によれば、なんと、スパを兼ねたトレーニングジムや一階のフロントには専任のコンシェルジュまでいるらしい。さすがにハイクオリティーというか、ステータスも半端ないというか、それだけ住人へのサービスが充実しているということなのだろう。いったい一部屋いくらするのか、想像もつかない。

それにしても、電話じゃ話せないような相談事って……いったい何？　ますますわけがわからない。

「それは、構いませんが。いつにします？」

『そうだな。だったら、今週の木曜日、午後三時くらいはどう？』

「はい。大丈夫です」

スケジュール帳をチラ見するまでもない。拓巳の都合はどうとでもなるが、超多忙な大神のスケジュールは別だろう。だったら、拓巳が合わせるまでだ。

『ウチまでのマップはメールしておくから』

「わかりました」

『じゃあ、そういうことで。よろしく』

大神の美点は何事にも無遠慮に踏み込んでこないところだ。予防線を張るまでもなく、そこらへんを無言で察してくれる寛容さがあった。

携帯電話をＯＦＦにして。

(霊視以外で、いったい俺になんの用だろう)

拓巳は今更のように小首を傾《かし》げた。

木曜日。

最寄りの駅で電車を降りて、拓巳は歩いて大神のマンションへと向かった。

このあたりは再開発された利便性のいいタワービル街ということもあってか、道路を挟んでおしゃれなセレクトショップやカフェが連なっていた。街並みも洗練されていて、物珍しさで、ついキョロキョロと視線を巡らせてしまう。……のだが、気後れとは言わないまでもなんだか妙に居心地が悪い。

(人が多すぎるんだよな)

下手に気を抜くとよけいなモノまで視えてしまいそうで。サングラスの奥の左目にはいつものように鋼鉄のシャッターを下ろしてあるが、念には念を入れておくことにする。

夜になると心許《こころもと》ない街灯の薄明かりしかないような田舎道よりも、ネオンぎらぎらの都会のほうがけっこうヤバイ。そんな気がするのではなく、すでにそれは実体験済みであった。

大神の依頼のアルバイトでもない限り、俗に言うところの心霊スポットなどには絶対に近寄りたくない拓巳だが。得てして、話題にも上らないようなごく普通の場所が意外な落とし穴……ということもままある。

人の数だけ欲望がある。

妬《ねた》みもある。失望もある。悪意もある。もちろん、恨みや絶望も。ついでに言えば、笑顔の裏には明確な殺意が潜んでいることだってある。

拓巳の意思に関係なく視界に絡みついてくるモノがなんであれ、今どきの魑魅《ちみ》魍魎もどきは雑多な人で溢《あふ》れ返った都会にこそ湧いて出るものなのかもしれない。

だから、だろうか。人が多すぎるとたまに人酔いする。それなりに気を張っているのでけっこう疲れる。それが嫌で拓巳はついつい引きこもりがちになってしまうのだった。

そのとき。

……ふと。誰かに見られているような強い視線を背中に感じて、拓巳は思わず足を止めて振り返った。

（あれ？　おかしいな。気のせいか？）

この手の勘はめったに外れたことはないのだが……。しんなりと眉をひそめて、拓巳はまた歩き出した。

そんな拓巳の背後の人混みの中。派手なアロハシャツにカーゴパンツ、サンダル履き、いかにもチャラい格好をした男が冷や汗をかきながらしゃがみ込んでいた。

（ヤベェ、ヤベェ……。あー……ビックリした。あいつ、もしかして背中にセンサーでも貼り付けてやがるのか？）

男の名前は日向朱至《ひむかいあかし》。豺狼衆《さいろうしゅう》と呼ばれる尾族《びぞく》の一派である。

一見して国籍不明のハーフっぽく見える。毛先がうねったような癖のある赤褐色の髪は染めているのではなく地毛である。

謂わば豺狼のトレードマークみたいなものだ。直系筋に近いほど髪の色は鮮やかな赤毛になる。実にわかりやすいヒエラルキーだった。

朱至の場合は放っておくと好き勝手に髪が跳ねるのでオールバックにして黒のカチューシャで止め

である。

ファッションではない。単に面倒くさいだけ。そういうずぼらな性格で着る物にも無頓着なせいで、素材は悪くないのに印象がどこか残念すぎるチャラ男に見えた。

――いや。見るからに胡散臭い。それでも、軽薄を絵に描いたような下卑《げび》たチンピラに見えないのは、双眸《そうぼう》に知性の輝きが宿っているからだ。

外見だけで人を判断するのは不適切だが、第一印象の刷り込みはいかんともしがたい。どこから見てもまともな職業に就いていないように見えるのもマイナス要素だった。

ある意味、とんでもなく悪目立ちをしているのは否めない。普通に考えれば、まず尾行者には向かないタイプである。

しかし。どれだけ悪目立ちをしていようと、その気になれば完全に気配を消してカメレオンばりに周囲に埋没することができる。豺狼衆とは、そういう特性に優れた一族なのだった。

諜報活動が本業といってもいい。朱至自身、フレックス・タイムの営業職のようなものだ。一応、肩書きは一族経営の人材派遣会社の社員となっているが、お堅いスーツで出勤して机の前に座っての事務作業とはほとんど縁がない。

もちろん、エリートコースであるシークレット・サービス部門――バリバリの武闘派もいるが、朱至は違う。格闘技は苦手。その代わり、張り込みは苦にならない。よって、今回のような隠密行動にはうってつけ……のはずだったのだが。距離を詰めたとたん、いきなり拓巳に見つかりそうになってしまった。

(マジか?)

尾行がバレた――わけではなさそうだが、朱至に気の緩みがなかったとは言えない。

朱至が上からの指示を受けたのは単なる尾行ではなく、とりあえずは期間限定での拓巳の監視である。それも、盗聴や盗撮なしで遠巻きにである。

言ってみれば、楽なルーチンワークであった。拓巳の場合、ほとんど自宅から出ない引きこもり生活も同然だったからだ。職業がイラストレーターと聞いて、納得した。飲み会やデートといった、若者らしい仲間付き合いもほとんどないに等しかった。

あちこち、付け回す必要がない。楽すぎて、けっこう退屈。だから、つい、気が緩んでしまったのかもしれない。

監視の理由は、拓巳が昇竜湖事件の生き残り……本人的にはまったく自覚はないだろうが、こちら側で言うところの要注意人物『厄介な速贄《はやにえ》』であるからだ。

速贄?

(それって……何?)

そういう存在自体、朱至は初めて聞いた。

少なくともこの十二年間ほとんど放置されていたにもかかわらず、なぜ今になっていきなり監視が付くのか。それは例の慰霊碑爆裂事件が起こったせいだ。世間《マスコミ》はその原因をいまだに特定できない警察を暗に無能呼ばわりをしているが、この先も真相が解明されることはないだろう。

人界の住人には霊的素養がないからだ。従って、今回のような事件を見極める特殊な能力もない。人間はその手のことに関しては呆れるほど鈍感で、無知で、しかも愚昧《ぐまい》だった。だからこそ、好き勝手な憶測で盛り上がっていられる。事実が解き明かされたら、それこそ大パニックだろう。

実際に拓巳が現場で何を見たのかは知らないが、完黙するしかない事情は朱至にも理解できた。希有な黄泉還《よみがえ》りを実体験してしまった時点で、拓巳はすでに人としての枠を踏み外してしまったということである。人界での異物を自覚しているらしい拓巳にすれば、さぞかし生きにくいことだろう。

信仰心と霊験とはまったくの別物である。

素養のない者がいくら頑張っても力を得ることはできない。それこそ無駄な努力と時間の無駄遣いである。ごく普通の人間が、漫画や小説のように、ある日突然超人的な能力に目覚めることなどまずあり得ないのだから。

素養とは、正しくは血統による適応力である。朱至のような尾族にあって、只人《ただびと》である人族にはないもの。属性が違うということは、そういうことである。

人界には自称『霊能者』を名乗る者も数いるが、たいがいはなんの役にも立たない。口が上手いだけの詐欺師か、自意識過剰、またはなんらかの脳疾患があって幻覚を見ているだけである。

俗に『シャーマン』と呼ばれる者はトランス状態に入るための特殊なドラッグが不可欠であるとも言われている。

もしも、それが本当に能力のある者ならば、それは只人ではなく朱至と同じような属性を持つ血族にほかならない。

豺狼衆が諜報活動に特化しているように、古くからそういう生業《なりわい》をしている一族も確かにいる。人界において人脈を得るには権力者とのコネが不可欠である。それは『占い』や『呪い』を語るのが一番手っ取り早い。つまりは、そういうことである。

朱至も通称だけは知っている。『邪の目』と呼ばれている。特徴としては三眼を持つ女系一族という以外、詳しい属性は知らない。噂でしか聞いたことがないからだ。

そういう連中はほとんど表には出てこない。顔も名前も売る必要がないからだ。むしろ、神秘性が重要。マスコミ向けの派手なパフォーマンスなどもってのほか……ということらしい。

本物はいつでも裏社会にいる。そういうものであるからだ。

もしかしたら、今回の騒動も誰かが非公式な託宣《たくせん》を求めたかもしれないが、きっと煙に巻かれて終わりだろう。なにやら、けっこうな大物が一枚噛《か》んでいるらしいので。そのせいか、豺狼の上層部もピリピリしていた。

ついでに言えば、只人は霊的要素に関してなんの危機感もない。だが、好奇心だけは無駄にある。心霊スポットと呼ばれる場所に興味本位で群がるのがいい証拠だろう。それで運悪く『障り』に行き合って精神に異常をきたして命を落としたとしても、ある意味、自業自得だった。

そんな人族にとって、今回のことは真昼のミステリーになってしまった。どれほど躍起になって議論しても、只人にその謎を解き明かすことなど不可能に近い。

しかし。人界で人に紛れて暮らしている異邦人にとっては無視のできない問題である。人界と仙畍《せんかい》は密接な繋がりを保っているからだ。

霊的現象で人界が揺れると、仙畍にもそれなりの影響が出る。――らしい。

あくまでそういう噂でしか知らないのは、豺狼衆といっても、朱至はその傍流の末端であるからだ。人界生まれの、人界育ち。仙畍など一度も見たことがない。

噂によれば仙畍とは圧倒的な霊力を誇る王族が統治する桃源郷らしいが、それがどこにあるのかも知らない。実態すらわからない。豺狼衆のトップであっても、仙畍とは気軽に行ける場所ではない。

——ようだ。

朱至は自分が人界における賓《まろうど》であることは自覚しているが、それはあくまで血に刷り込まれた認識でしかない。

属性は違っても、同族は同族がわかる。只人に擬態していても、醸《かも》し出すものが異質だからだ。だからといって、すべてが友好関係にあるとは限らない。最悪、互いのテリトリーは侵さないという暗黙の了解《ルール》があるだけだった。

朱至のように世代を重ねるごとに血が薄くなりすぎて豺狼に変身することもできない者たちは、由緒正しい血統の流れを汲《く》む連中からは出来損ないの半端者呼ばわりをされているのも事実だ。

ほかの連中がどうだか知らないが、朱至にはそこらへんのこだわりは特にない。傍流の末端の血統にしがみついたところで、どうなるわけでもないし。無い物ねだりをする愚かしさに身悶《みもだ》えするだけ無駄だと割り切っている。

祖先がどういう理由で人界に居着くようになったのかは知らないが、自分が生まれたところが故郷だ。昔は隠れ里的な集落もあったようだが、今の時代にはそれは無理。ちゃんと戸籍だってある。普通に暮らしていく分にはなんら不都合はない。

血源《ルーツ》は豺狼だが、朱至には獣耳も尻尾もない。無理やり只人に擬態する必要もないからだ。

とりあえず、恋愛も自由だ。ただし、結婚して子どもを持つとなれば当然いろいろクリアしなければならない問題が出てくる。どの種族であれ、やはり異種婚は歓迎されないからだ。

特に、只人の血が混じると生まれてくる子どもは霊的素養を失う。例外なく。当然のことながら、種としての特性も受け継がれない。つまり断種してしまうということだ。

ブチまけて言ってしまうと、朱至たち豺狼衆に限らず、人界で暮らす眷属《けんぞく》は大なり小なり今や絶滅危惧種というフラグが立っているのも同然の状態なのだった。

かつては、人界にも霊素の溜まり場と呼ばれる龍脈はそこかしこにあったらしいが、山を削り、沼を埋め立て、川底をコンクリートで固めていくうちに龍脈は断裂し、枯渇してしまった。つまり、人界で暮らしている賓は霊素を取り込めなくなってしまったということである。

霊素が常に循環している仙峠では呼吸しているだけで霊素を体内に取り込めるが、人界ではそれもままならない。それが何世代も続くと体質も徐々に変質してしまう。

霊素欠乏症。それが今の朱至たちの現状である。

種が弱体化すると、淘汰されてしまう。それこそが自然の摂理であった。

余談ではあるが、それで今、賓たる眷属たちは重大な選択を迫られている。あくまで血族の矜恃《きょうじ》にこだわって緩やかに自然淘汰の道を歩むか。それとも、偏見とプライドを投げ捨てて異種交配に突入するするか。

とりあえず、種族は違っても同属であれば、生まれてくる子どもは必ずどちらかの特性を持つからだ。だからといって、実際に生まれてこなければどちら寄りなのかはわからないという制約はつくが。

つまり、雑種《ハイブリッド》である。

すでに実証されている。いつの時代にも偏見と禁忌《タブー》を畏れない果敢な先駆者はいるものなのだ。

もっとも。異端は歓迎されないという例に漏れずずいぶんと不遇を託《かこ》ってはいたが、能力的には傍流の末端である朱至たちよりずっと強い力を持っていた。それがまた新たな火種を生むとわかっているからこそ、異種交配へのジレンマが消えないのだった。

物事は成るようにしか成らない。

達観ではない。むしろ、諦観《ていかん》である。

しかし。どれだけ血が薄かろうが、豺狼という特異な軛《くびき》からは逃れられないのも事実であった。そう、誰一人として。

だから、命じられれば従うことにも慣れた。

厄介者の速贄である海棠拓巳を監視、報告すること。それが今回、朱至に与えられた仕事であった。


大神が住むマンションのロビーはまるで高級ホテル並みだった。天井が高い。明るい。広い。開放感という言葉がピッタリ来る。ぐるりと視線を巡らせても、エレベーターがどこにあるのかもわからない。

オートロック・マンションでは訪問者が中に入るためには訪問先の部屋番号を入力するためのキーパッドがあるものだが、それもない。ここではキーパッドの代わりにフロント・デスクがあり、そこには二人のコンシェルジュがいた。

大神にはフロントで名前《フルネーム》を告げるように言われていた。

「あの、海棠拓巳ですが」

名前を告げると、女性のコンシェルジュがすぐさま確認を取り、

「はい。海棠様、左手奥のエレベーターにどうぞ」

カードキーのような物を手渡された。と、同時に。壁だと思っていた木目調のドアがスッと開いた。

（おぉっ、すげー。こんなの初めて見た）

コンシェルジュを通さないと訪問者は中には入れないらしい。そういう意味ではセキュリティーもバッチリ、なのだろう。

言われた通りにエレベーターに乗り、センサーにカードをタッチするとすぐに階が表示された。

（はぁ……なるほど。二重ロックになっているわけか）

カードがなければエレベーターは動かないし、目的の階以外には止まらないようになっているらしい。正直、めんどくせーな……と思わないでもないが、セキュリティー対策の一環であれば、居住者でもない部外者があれこれ文句を言う資格も権利もない。

エレベーターで二十五階に上がる。振動もほとんどない快適さだった。さすが、金がかかってます……的な乗り心地だった。

部屋のドアフォンを鳴らすと、すぐに、大神の秘書である嘉祥院《かしょういん》がいつものゴスロリ・ファッションで出迎えてくれた。

「いらっしゃい、海棠君」

今日の髪色はメタリック・グレイだった。相変わらずクールである。

（嘉祥院さんのゴスロリは別にお出かけ専用ってわけじゃないんだな）

ようやく納得がいった。

アルバイトで会うときはいつも現地集合だったので、もしかしたら仕事中は別口かと思っていたのだが。どうやら、嘉祥院のポリシーはどんなときでもブレがないらしい。さすがである。

そのまま、リビングへと案内される。

「やぁ、海棠君。いらっしゃい」

そこには、ソファーで寛いでいる大神がいた。

――が。大神の姿が視界に入った、とたん。拓巳はザワリと鳥肌が立った。大神を取り巻くモノが陽炎のように揺らめくのを目の当たりにして。

まるで脊髄《せきずい》反射のごとく顔が強《こわ》ばり、足が竦む。

「海棠……くん？」

いきなり硬直してしまった拓巳に、嘉祥院が不審げに声をかける。

その声すら、今は遠かった。

大神にまとわりついているモノ。それは、大神が子どもの頃に負った怪我の残滓《ざんし》だと知っている。

だが、今、拓巳が視ているのは以前のそれとは比べものにならないほどリアルで生々しかった。

（なん……で？）

ギリギリと左目が疼《うず》くのを感じて唇を歪め、拓巳はサングラスをむしり取った。大神にまとわりついているモノを見極めるために……ではなく、視界の圧迫感に問答無用で押し切られてしまった。

サングラスを取った拓巳の左目を初めて直視して、大神と嘉祥院はほとんど同時に声もなく固まった。

悲惨なバス事故の後遺症で拓巳が左目を失明していることはマスコミがさんざん取り上げていた。

もちろん、大神も嘉祥院も知っている。瞳孔の開ききった左目に偏見などなかったはずなのに、いざ目の当たりにすると驚愕よりも衝撃が勝った。

拓巳の左目はただの黒目ではなかった。思っていたものとは、まるで違った。

イメージしていたのは艶やかな黒真珠《ブラック・パール》だったが、実際には魅入られてしまいそうな深淵《バロック・パール》だった。

室内の照明のせいなのか、どうなのかはわからないが。黒目にはメタリックなうねりがあった。それが暗闇に光る漣《さざなみ》を思わせて、なんとも言い難い心の疼きを誘った。

言葉にならない。

目が離せない。

見ると聞くとでは大違い。頭では理解していたつもりでも感情は別物。そのことが嫌でも実感できた。

だが。そこに息を呑むような衝動はあっても嫌悪も忌避感もなかった。それだけが二人の偽らざる真実だった。

大神にまとわりついている赤銅色の影が次第に立体化していくのを、拓巳は凝視する。こんなことは初めてだった。

まるで3D映像でも見ているような気がした。巨大で獰猛《どうもう》な野獣めいた影が今にも大神を呑み込んでしまいそうだった。リアルではない幻視のはずなのに、なぜかひどく生々しかった。

それは、九尾の男との邂逅《かいこう》とは真逆の畏怖があった。こちらは影で、あちら《九尾の男》は実体。その差ではない。九尾の男にはその美麗さにただただ圧倒されたが、この影にはジワリと侵蝕されるようなおののきがあった。

影には濃淡《質量》があった。その最奥から不気味なほど爛々とした黄金の双眸が現れ、虹彩が収縮して縦割れた瞬間、いきなりブチリと視界《幻視》が切れた。

その衝撃に目眩《めまい》すら覚えて、拓巳は硬直した足を更に踏ん張った。そして、わずかに震える手で斜めがけバッグからスケッチブックを取り出すと見たモノを克明に描写した。

大神も嘉祥院も無言だった。拓巳が手を止めるのをじっと待っていた。

描き上げると、拓巳はひとつ大きく息を吐いた。無言でそれを大神に差し出し、サングラスをかけるとぐったりとソファーにもたれた。

「これが、俺に憑いているモノ？」

じっくりと凝視して大神が言った。心なしか、無駄にエロい美声も掠《かす》れがちだった。

禍々《まがまが》しいほどの影。

絶句するのではなく、大神はどこか腑《ふ》に落ちた気がした。小学生だった頃、キャンプ場で起きた悲劇の元凶がこれなのだと思うと、ようやく納得のいく答えを得られたような気持ちがした。

その一方で、新たな疑問も生まれた。

（これって……もしかして、トラ……なのか？）

見ようによってはそう見えなくもない。

大神は自分たちを襲ったのが絶対に熊ではないと確信しているが、まさか、虎だとは思わなかった。

日本に野生の熊はいるが、虎はいない。

動物園やサファリパークでその姿を見ることはできても、野生の虎はいない。

だから、あれが虎であるはずがない。

常識で考えればあり得ないことだが、あり得ないことが現実に起こるのが超常現象というものだろう。拓巳の幻視には嘘も誇張もない。大神はそれを知っている。

だとすれば、これはただの虎ではないのだろう。たぶん、虎の姿をした何か——怪異と呼ぶべきものなのだろう。

(そうか……。これなのか)

大神は深々と息をついた。あれから二十年以上が過ぎた今、両肩に食い込んでいた重荷のひとつがようやく下りたような気がした。

「昇竜湖の事件からこっち、ときどきコントロールが効かなくなるんです」

「……その左目が？」

ズバリ口にすると、拓巳は口の端をわずかに歪めた。

「いいかげんケジメをつけるべきかなって、思ってたんだけど。やっぱり、あの場所は俺にとっては鬼門だったみたいで」

拓巳の言いたいことはよくわかる。人間、自分なりにどこかできちんとケリを付けないと前には進めない。おそらく、拓巳にとってはそれが『十三回忌の法要』というケジメだったに違いない。

大神は生存が絶望視されていた両親と弟の死亡届けを出すことによって自分なりのケジメをつけたが、いまだにあの場所には行けない。遺骨のない墓に詣でるよりもあそこで手を合わせて三人の成仏を祈るべきかもしれないが、どうしても……行けない。

自分とまったく関係のない霊障現場に立ち会うことは平気なのに、あの忌まわしい場所だけは別だった。あそこに立つと過去の亡霊に貪《むさぼ》り食われてしまいそうで……怖い。結局、何年経ってもトラウマは克服できてはいないのだろう。

だから――わかる。拓巳の気持ちが。昇竜湖で本当は何があったのかはわからないが、何を言われてもひたすら沈黙する気持ちには胸が痛くなるほどにシンクロできた。

「なので、当分、霊視のバイトは遠慮させてください」

大神に否はない。

だが。今日、拓巳に来てもらったのは別口の用件があったのだ。

「実はね。今日、海棠君に来てもらったのは某出版社から新シリーズのオファーがあったからなんだよ」

「え？　それが俺とどういう……？」

「その元ネタとして、海棠君にやってもらった霊視を使わせてもらえないかってことなんだけど」

「はい？」

少しだけ面食らう。

「先生ったら、とある出版社主催のイベントの二次会で編集者さんと飲んでるときに、ライフワークの霊障関係の話をポロッと漏らしちゃったのよ」

嘉祥院が話のフォローをしてくれた。

（あー……そういうこと？）

ようやく、話の筋が飲み込めた。

「そしたら、見事に食いつく、食いつく……。あれってやっぱり、編集者の性《さが》なのねぇ」

嘉祥院がケーキとコーヒーをテーブルに並べながら言った。

「あくまで個人的趣味でやってることだからって、固辞したんだけどねぇ」

「無理ですって。御木本《みきもと》さん、もうすっかりその気で、次の編集会議で企画書出すって鼻息荒かったですもん」

「いや、だからね」

「金の成る木をみすみす見逃すような人じゃないですよ。私にスケジュールの話をしましょうって、そりゃあしつこく迫ってきたんですから。まるでスッポン並み」

「嘉祥院君、三年先まで空いてませんって、けんもほろろだったじゃないか」

「それで諦めるタイプじゃないですよ」

「あー、まぁ、ね」

「なんとかスケジュールをもぎ取ろうとメール攻勢がすごいんですから」

（そりゃあ、大神さんのスケジュールを取れるんだったら必死にもなるよなぁ。出せば間違いなくベストセラーだろうし）

ただの誇張ではなく、だ。

「先生も最後はけっこうノリ気だったんじゃあ？　だって、別腹ですもんね」

——確かに。普通は頼まれてもいないのにわざわざ自腹で霊障検証なんて、やらない。それも、拓巳を雇ってまで。

それを言われると返す言葉もないのか、大神は乾いた笑いを漏らして静かにコーヒーを啜《すす》った。

「海棠君的には、どうかな？」

「や……どうかなって、言われても……。俺はきちんとバイト代をもらってるし、あとは大神さんのスケジュール次第なんじゃないですか？」

つまりは、そういうことである。わざわざ拓巳の了解を取る必要はない。

「いや、だからね。もしもこの話を受けるなら、イラストは海棠君にお願いしようかなってことなんだけど」

「……え？」

思わず、目を瞠《みは》る。あくまで余所事と思っていたら、いきなりの直球であった。

「……ですよね。あの企画自体、海棠君の霊視がなければ成り立たなかったわけだし」

「マジ、ですか？」

「もちろんだよ」

即答である。

（俺が、大神さんの小説のイラストをやる？）

——ホントに？

普通ならば絶対にあり得ないだろう展開に、一瞬、キーンと耳鳴りがした。

ドクドクと鼓動が逸《はや》って、先ほどとは別の意味で息が詰まった。

「あ……でも、その……出版社的にはマズイんじゃ……」

なにせ、拓巳は大した実績もない駆け出しである。大神とのコラボなんて、出版元がすんなり認めるわけがない。

「それは大丈夫。俺がプッシュしまくるから」

大神が艶然《えんぜん》と笑う。

「ホントに？」

「俺は海棠君のファンだからね」

「もちろん、私もね？」

なんだか、夢のような話である。地に足が付かないというか、今ひとつ現実感がない。先ほどまでの重苦しさが一気に霧散して、フワフワと気持ちまで浮ついている。

「どうかな、海棠君。やってみる気、ある？」

大神に言われて。拓巳はスッと居住まいを正した。

「あります」

多少、声は上擦ってはいたが。

「いえ。大神さんさえよければ、ぜひ、やらせてください。お願いします」

こんなビッグチャンスは二度とない。それを思い、拓巳はきっちり深々と頭を下げた。

■ 5 ■

御厨家、奥離。

家外の喧噪とはまるで無縁であるかのように、木々に囲まれた裏庭は今夜もひっそりと佇んでいる。

いつものように、光希は仁の母親が作った夕食を離れ家の縁側に座って食べていた。

じっくり味わって残さず食べる。いや、成人男性としては小食すぎる量――仁の母親が素で驚いていた――をようやく完食できるようになったと言うべきか。

それが仁の母親に対する感謝の表れだから、だけではない。この奥離に来て、だんだんと口に入れた食べ物の味がするようになった。

奥離に来るまでは食べることに執着がなかった。何を食べても砂を噛むような味しかしなかった。なし崩しに食欲がなくなった。それで、砂埜《さの》に拾われたときには栄養失調寸前だった。

〈あたしには、拾った責任があるのよ〉

そんな屁理屈で押し切られて、体調が戻るまではきちんと……無理やり砂埜が言うところの『弱った胃腸に優しい』三食を食べさせられたわけだが。そのときですら、料理の味がわからなかった。頭の中がノイズで侵蝕され続けてきて、味覚までおかしくなっていたのだろう。

それを口にすれば更に砂埜がうるさくなるのは目に見えていたので、出された物をひたすら黙々と咀嚼《そしゃく》して喉《のど》奥に流し込んだ覚えがある。罰当たりを承知で言えば、あれはあれで一種の拷問だった。

今は、仁の母親の手料理が普通に美味いと思える。相変わらずの小食だったが、きちんと味わって食べられるようになった。その差は大きい。

仁の母親はダイニングで一緒に食べてもらいたいと思っているが、光希は固辞し続けている。その理由は単純明快である。いろいろ詮索されたくないからだ。

それ以上に、これは拓巳にも言えることだが、家族の団欒《だんらん》というものが苦手だった。いや……はっきり言って苦痛だった。

自分を卑下するつもりなど毛頭ないが、光希は自分が視界の異分子であることは否定しない。その自覚があるからだ。

――だから、なに？　真顔で開き直れるくらいには。

奥離に来て、頭の中のノイズが消えて十二年ぶりに視界までもがすっきりクリアになったからといって、御厨家で仁以外と積極的に関わりたいとは思わなかった。

思いやりという優しさも、純粋な厚意も、ときには神経をささくれにする凶器になる。下手に構わないでいてくれたほうが楽だった。仁の親には悪いと思うが、それが光希の本音だった。

夜、九時過ぎ。光希は食器をダイニングに戻しに来たついでに、そっとリビングを覗《のぞ》いてみた。

誰もいない。仁の父親が出張中だからか、母親も早めに自室に引きこもってしまったのだろう。

「光希。こっち、こっち」

不意に、仁に呼ばれた。その声に引かれて、光希はゆったりと中に入った。お目当てはもちろん、拓巳がイラストレーターを志すきっかけになった絵だ。

「へぇー、これが亜魅様か」

拓巳に倣って、ちゃんと『様』付けをする。

親しき仲にも礼儀あり――そこらへんの常識くらい光希だって持ち合わせている。頭の隅で、一瞬。

『ホントかよ？』

拓巳の声《ツッコミ》が聞こえたような気もしたが、たぶん、ただの錯覚だ。

「すごいでしょ？　タッくん、ホントに才能があるよね？」

コクコクと、光希は頷《うなず》いた。

拓巳が絵画コンクールで金賞を取ったことは知っているが、実物を見るのは初めてである。あの頃、光希は自分のことで精一杯でそんな余裕も機会もなかった。

それにしても、金賞を取った拓巳の絵が海棠家ではなく御厨家のリビングに飾られてあるのが、なんとも言えない気持ちにさせられる。それをひっそりと押し隠し、光希はボソリと漏らした。

「すっげーイケメンだな」

それとも『超絶美形』と呼ぶべきか。なにしろ、御厨家の御神木《守護天使》である。ただの『イケメン』ではあまりにも軽々しい気がした。

「ぼくもね、ビックリしちゃった。家護り様が本当にいるとは思わなかったし」

「だから、俺たちにも内緒だったわけ？」

バス事故の前までは、光希も拓巳もよくこの奥離で遊んでいたわけだが。仁の口からは一度もその話が出たことはなかった。

「だって、言っても信じなかったでしょ？」

否定できない。それが作り話だと面と向かって笑い飛ばしたりはしなかっただろうが、たぶん、子ども騙しのお伽噺《とぎばなし》くらいには思ったかもしれない。

実際、仁と拓巳には見えるらしいが、光希には今でも亜魅の姿は見えない。声を聞いたこともない。二人がいるというから素直に樹精の存在を信じられるわけで、これが仁の両親から聞かされた話だとしたら、きっと眉唾《まゆつば》だと思っただろう。

「ぼくだって、お祖父ちゃんが言ってた家護り伝説っていうのは、ある意味ファンタジーだと思ってたから」

「そうなのか？」

「うん。幽体離脱になってなきゃ、実際にこの目で亜魅様の顔を拝めなかっただろうし」

おそらく、霊的な存在というのはそういうものなのだろう。事実、どんなに目を凝らしても光希には亜魅を見ることができない。仁の声は聞こえても、仁の姿を見ることはできないように。

（もしかして、頭のノイズがなきゃ仁の声も拾えなかったってことか？）

今更のように思う。

そういえば、仁の声が聞こえるようになったきっかけは小学校の屋上から飛び降り自殺をしようと思っていたときだ。あの頃は精神的にもズタボロで、本当にもう死んで楽になることしか考えられなくなってしまっていた。

あとで仁に聞いてみたら、幽体離脱状態になってから、仁はずっと光希に呼びかけていたのにぜんぜん気付いてくれなかったと言っていた。

だとすれば、耳障りで不快なノイズにもちゃんとそれなりの役割があったのかもしれない。仁の存在を感知するために。

「ちょっと、マジで感動しちゃったよ」

「おばさんたちは？」

「ん？　タッくんの想像力のすごさにただただ感心してただけ」

その言い方に若干の棘《とげ》を感じるのは、光希の気のせいではないだろう。

地元における拓巳の『妄想型虚言症』という理不尽な烙印は根深いものがある。一朝一夕には覆らない……どころか、今もって周囲はそういう目でしか拓巳を見ない。遺族会ほど露骨ではなかったが、当時の御厨の両親も例外ではなかった。

なにしろ、拓巳の虚言症呼ばわりの発端が御厨の両親であると言っても過言ではないからだ。

当時。仁は、自分が幽体離脱していることを両親に伝えたくて必死だった。自分はちゃんと生きている。死んでいない。拓巳とは意思の疎通だってできている。そのことを両親に伝えたかった。それで、唯一自分の存在を知っている拓巳にそれを頼んだ。その結果は最悪だったが。

それがどんなに仁を傷つけていたか、その気持ちが光希には痛いほどよくわかる。光希だって、拓巳の悪口を言う奴らは全部まとめてぶっ飛ばしてやりたかった。本音で。実際にやろうとしたら、拓巳に止められたが。

仁の本体はいまだに昏睡状態のままで、どれほど仁が願っても、仁の肉声《切実な抗議》は誰の耳にも届かない。真実の叫びは誰にも聞こえない。拓巳のそばで、ただ見ていることしかできない歯痒《はがゆ》さと苛立ちは想像するにあまりある。

光希が思うに、仁は優しすぎるのだ。それで、光希や拓巳のことを心配するあまり、何もできない自分を責めてたまに自家中毒を起こしてしまうのだ。

光希が奥離で生活できる交換条件は拓巳が仁の言葉を代弁することだったが、御厨の両親は別にして、妹《愛美》はいまだにそれが真実であることを認めようとしない。頑なに拒絶する。それどころか、インチキまがいの霊能詐欺だと決めつけてますます拓巳に嫌悪感を募らせていた。

なんで――そこまで？

それを思うと、気持ちまでささくれてしまう仁だった。

家族に対する愛情がある。感謝がある。昏睡状態の仁を十二年間も愛情深く見守ってくれているのだから、当然のことだ。ありがたいと、心の底から思っている。

しかし。それとは別口で、愛美への苛立たしさが消えない。仁の大切な者を頭から全否定する愛美が、正義漢ぶってエゴ丸出しの台詞《せりふ》を吐いて拓巳を傷つける愛美が、たまらなく鬱陶しくてならなかった。

（お願いだから、これ以上、ぼくに愛美のことを嫌いにならせないでよ？）

本音で仁が願うのは、それだけだった。


（あー……スッキリした）

学期末テストに向けての勉強疲れはあるが、お気に入りの入浴剤を入れてゆっくりと湯に浸かって気分もリフレッシュ。

（やっぱり。お風呂、サイコー）

愛美がバスルームを出てリビングに差しかかると、不意に声がした。チラリと中を見やると、そこには光希がいた。

（光希君の独り言？　なんか、キモいんだけど）

しんなりと眉をひそめたまま通り過ぎようとして。

「仁、おまえはどう思う？」

思わず足を止めた。まさか、光希の口から兄《仁》の名前が出てくるとは思わなくて。

（え？　ウソ……。なんで？　どういうこと？）

息を詰めて、耳を澄ます。

愛美が知っているのは、光希が御厨家にやってきたその日、母親に言われて夕食を誘いに来たときに、

〈いらねー〉

拒絶感たっぷりの刺々しさで放った一言だけだった。

「ふーん……。それがおまえの本音？　けっこう過激なんだな」

なのに。ひっそりと漏らす独り言はずいぶんと落ち着いたトーンだった。同じ人物とは思えないほどに。

「……いや、そうでもねーよ。ただ面倒くさいだけだって。――あー……まぁ、な」

まるで、仁と会話でもしているかのような口調に胸の中がざわついた。

薄気味悪い……というレベルではない。何かもう、心臓がバクバクになった。

(もしかして、お兄ちゃんがいるの？)

ふと、それを思い。

(そんなわけ、ないじゃん)

即座に全否定する。

(だって、それってみんな拓巳君の妄想なんだから)

不快なざわつきが止まらなかった。

見えないものが視えると口にして、人を騙す。ありもしないことを妄想して、人を不快にさせる。

それは拓巳の領分だったはずだ。

それなのに……なぜ？

いや――違う。

人には聞こえない声が聞こえて頭の中でわめき散らす。そう言って、ところ構わず奇声を発しては呻《うめ》く、吼《ほ》える、のたうち回って絶叫する。不快感どころか、人に恐怖心を植え付けるには充分すぎるほどだった。

それが――光希の本性だった。

愛美はそれを、すっかり失念していた。

……なぜ？

それは、奥離に居着いた光希がある意味ごくフツーに見えたからだ。

確かに、目つきは凶悪だったが。全身から『俺に構うんじゃねー』的なオーラを発散していたが。
・・・それだけだった。
光希＝凶暴。

その刷り込みは強烈だった。たとえ、それが小学生時代のことであっても。十二年ぶりに見る光希は昔の面影の欠片もないほどに変貌していたが、不気味なほど静謐《せいひつ》だった。まるで奥離と同化しているかのように。

(あたしたち、すっかり騙されてたってこと？)

喉奥から不意に苦々しいものが込み上げてくる。だから、つい。

「光希君、誰と話してるの？」

バカバカしいとは思いつつ、怖々《こわごわ》と光希に声をかけてしまった。

いつもだったら、そんな無謀なことはしない。光希とは極力目も合わせたくないというのが愛美の本音だったからだ。

しかし。なぜか、このときばかりは光希を無視することができなかった。奥離に入り込むために本性を隠し自分たちを騙していたのだと思うと、所詮は拓巳と同類なのだと思うと頭の芯が煮えた。

光希はいきなり割り込んできた愛美に片眉をひそめつつも、平然と返した。

「誰って、仁だけど？」

「ウソよッ！」

愛美は声を荒げた。拓巳だけでも許せないのに、光希までそんな妄想を口にするのが不快すぎて。

……許せなくて。

（なんなのよ、もう。あたしをバカにしてるわけ？）

拓巳しろ、光希にしろ、愛美にとっては神経をささくれさせるだけの存在だった。

腹が立つ。

苛々する。

どうしようもなくムカついて、しょうがなかった。我慢できなかった。

「別にいいけど」

ボソリと漏らして、光希はリビングを出ようとした。そんな光希の態度に、更に憤りを覚えた。

「待ってッ。逃げるの？」

思わずその腕を摑《つか》んで、愛美は上目遣いに光希を睨んだ。光希は怖いが、それよりも今は憤激のほうが勝った。

「光希君もやっぱり、拓巳君とグルなのね？　二人してお兄ちゃんが見えるだのなんだの言って、ウチの親に取り入るつもりなんでしょ？　サイテーっ」

もともと、愛美は光希が奥離で好き勝手をするのは大反対だった。

光希を御厨家に迎え入れる交換条件として、拓巳が幽体離脱している仁の言葉を代弁する。そんなことは、常識で考えてあり得ない話だったからだ。

なのに、母親は笑顔まじりで浮かれていた。十二年ぶりに仁と話すことができると。父親も、そんな母親に同調して否とは言わなかった。

(バッカじゃないのッ!?)

本音で吐き捨てたかった。

自分の親に限って、まさか、そんなバカげた妄想に取り憑かれるはずがないと思っていたからだ。信じていたのだ。

だから、激しく失望した。

忌々しかった。

許せなかった。

そんな感情が今更ながらに込み上げてきて、つい声が尖《とが》った。

「こないだ、拓巳君が来てたよね。わざわざ、お母さんがいないときを狙って。それって、どういうこと？　すっごく不愉快なんだけど。二人して、何を企んでるのよ？」

不快だった。

喉の奥までザラついた。

拓巳の顔を思い浮かべるだけでただもう腹立たしくて、毒口が止まらなかった。

「だいたい、おかしいでしょ？　いくら光希君がホームレスだからって、お兄ちゃんと仲がよかったのはもう十二年も前のことなんだよ？　なのに、平然と赤の他人の家に居座るなんて、フツーじゃないよ。光希君も拓巳君も、頭おかしいんじゃないッ？」

溜まりに溜まった鬱憤と憤りで声も視界も灼けそうだった。

そんな愛美を、光希は冷然と見下ろした。

（こいつ、何がしたいわけ？　つーか、俺にマジで喧嘩売ってんのか？）

光希は別に自分が何を言われても気にならない。愛美には興味も関心もない。だが、拓巳のことを悪《あ》し様に言われるのだけは我慢がならなかった。

「仁。おまえの妹、いっつもこんなふうに拓巳のことをコケにしてんのか？」

知らず、トーンが地を這《は》う。

「ウザすぎて、たまに殴りたくなるけどね」

どうせ愛美には聞こえないのだと思うと、つい本音が駄々漏れた。

「んじゃ、俺が代わりに殴ってやろうか？」

尖りきった目でそんな物騒な台詞を吐く光希に愛美はハッと我に返り、摑んだままだった手を放してよろめくように後退《あとずさ》った。

それでも、精一杯の虚勢を張らずにはいられなかった。

「なによ、なによッ、なんなのよッ！　なんでウチにいるのよ？　拓巳君のところに行けばいいじゃないッ。何が目的なの？　何がしたいのよ？　自分ン家《ち》がそうだったからって、あたしの家族までメチャクチャにしないでよッ！」

愛美の怒声に驚いて、母親が自室から駆けつけてくる。

「愛美。あなた、いったい、どうしたの？」

光希と愛美を交互に見やって声をかける。

「お母さんは黙っててッ。あたしは光希君に聞いてるんだからッ」

愛美の剣幕に、母親は束の間たじろいだ。

「俺は拓巳みたいに仁は見えないけど、仁の声は聞こえる」

あえて言わなかっただけで。まぁ、そんなことは誰も聞きもしなかったが。

「ウソばっかり。どうしてそんなウソつくのよ。拓巳君みたいに、お兄ちゃんが幽体離脱してるって言うつもり？　バッカみたいッ。そんなこと、あるわけないじゃない。お母さんたちは騙せても、あたしは絶対に騙されたりしないんだからッ」

意地になって愛美は叫ぶ。

鬱屈していたものが出口を求めてほとばしる。止まらなかった。止められなかった。拓巳と光希のくだらない妄想に振り回されるのは、本当にもうウンザリだったのだ。

「ホントにうるさい。なんで、いつもこうなのかな」

仁はボソリと吐き捨てた。

父親も母親も、仁のことはそれなりに理解していてくれるのに。二人とも思うところはいろいろあるだろうが、少なくとも仁のために努力をしようとしてくれている。なのに、愛美だけが仁の存在を否定する。頭から、根こそぎ拒絶する。まるで、愛美の中ではとっくの昔に仁は死んでしまっているかのように。

「いいかげん、ぼくだってうんざりなんだけど」

拓巳だけではなく、光希にまで敵意を剝《む》き出しにして食ってかかる愛美にはほとほと嫌気がさす。

愛想も尽きる。

「光希。愛美に伝えてくれる？」

いつもは穏やかな仁の口調が冷ややかに据わっている。

光希は頷いた。どっちにしろ、何か言わなければ収まりが付かないのは目に見えていたからだ。光希がというよりはむしろ、仁のほうが。

仁はめったに毒口など吐かないが、穏やかなトーンで理詰めの正論を口にされるとけっこう胸にグサグサくるのは経験済みである。拓巳も仁も、ただ光希に甘いだけではないのだ。

仁が家族を愛しているのは間違いない。だからといって何を言っても許されるわけではないことを、愛美もすぐに思い知るだろう。

「俺を嘘つき呼ばわりするのはそっちの勝手だけど。今、仁が何を言ってるのか教えてやる。『愛美、うるさい。黙れ。いいかげんにしないと、唯《ゆい》ちゃんからもらったバースデー・プレゼントのオルゴール、窓から投げ捨てるぞ』」

もちろん、仁にはそんなことをしたくてもできないが。効果は覿面《てきめん》だった。

愛美はギョッと顔を強ばらせて息を呑み、マジマジと光希を凝視した。

（ウソ……なんで？）

光希の言ったそれは、母親も知らないことだからだ。

（どうして、光希君が知ってるのよ？）

別に、母親に知られて困るような秘密ではなかった。だが。自分しか知らないことを突然すっぱ抜かれるのは、ある意味衝撃だった。愛美の顔はしんなりと青ざめた。

（お兄ちゃん……まさか、ホントに、そこに……いるの？）

ウソ。

……うそッ。

………嘘ッ！

まさか、そんなことはあり得ない。心霊現象なんか、みんなトリック。テレビ局のやらせに決まっている。霊能者は人の不幸につけ込んで金を騙し取る悪辣な詐欺師だ。それと同じことを、拓巳と光希がやっている。しかも、仁をダシにして。そんなことは許しがたいことだった。

（だって……。そんなの、みんな拓巳君の妄想なんだからッ）

力いっぱい全否定しながらも、愛美の心臓は異様にバクバクになった。


ガツガツした足取りで光希は奥離に戻ってきた。そのあとを小走りに追いかけながら、仁は早口にまくし立てた。

「光希。お願いだから、黙っていなくなったりしないでよ？」

「しねーよ」

「ホントに？」

「拓巳とも約束したし」

単なる口実ではない。

〈おまえの体調がよさそうで、マジ嬉しい。仁が言う通り、この奥離には亜魅様の加護があるんだろうな。おまえがちゃんと目の届くところにいるっていうのは、やっぱり安心する。だから、絶対、いきなり黙っていなくなったりすんなよ？　約束だからな、光希〉

今となっては、その約束だけが光希を現実に繋ぎ止めるための楔《くさび》だ。

「ホントに、ホントだね？」

「だから、ホントだって。おまえが出て行けって言わない限り、しぶとくここに居座るつもりだから」

「そんなこと、言うわけないじゃない。せっかく光希をその気にさせたのに。タッくんだってそう思ってるんだから」

確かに、愛美はウザイが。可愛げの欠片もないが。だからといって我慢できないほどではない。普段の愛美は奥離には近寄りもしないからだ。

仁、曰く。

〈愛美はねぇ、あんまり奥離が好きじゃないみたい。ほら、昔、三人でよくここで遊んでたじゃない？　そのときのトラウマっていうか……。ぼくたちにおじゃま虫扱いされたのが気に入らなくて、スネまくってたし。ぼくがこんなふうになっちゃってからはぜんぜん近寄りもしなくなってたよ〉

だとすれば、今回のことは駄目押しみたいなものだろう。

「まっ、おまえのおかげで一発派手にカマせたわけだから、妹も、ちょっとはおとなしくなるんじゃねーの？」

「だったら、いいけど。ていうか、ぼくは、お母さんが光希にまでぼくの話を聞いてくるんじゃないかって……そっちのほうが心配」

それは、否定できない。

光希が仁の声が聞こえると言ったとき、母親はなんとも言いがたい顔つきだった。

拓巳だけが仁の代弁者でないことを知ってしまったあとの反応が、仁としてはやっぱり気になってしまうのだった。

「大丈夫。もしもおまえのことを聞かれても、俺は住所不定であちこちフラフラしてたからよく知らないって言っとく」

光希が住所不定のホームレス同然だったのは事実だから、嘘にはならない。

「そう……だね。もし、また愛美がいろいろ文句を言ってきても、きっぱり無視しちゃってくれていいから」

「了解」

もしかしたら、たまに感じる視線は愛美のものだったのかもしれないが。本音で『厄介者』だと罵《ののし》られて、愛美との距離感がかえって明確になった。お互いのテリトリーに立ち入らなければ、なんの問題もないだろうと。

愛美だって、母親の手前、これ以上変にこじらせるつもりはないだろう。

(まぁ、ショックがデカすぎて、今はそれどころじゃないかもな)

信念——というほど大袈裟《おおげさ》なものではなくても、ぐらついているのは確かだろう。

拓巳の言葉がただの誇大妄想ではなかったことをきちんと認めることができるかどうかで、この先、愛美に対する仁の心証は大きく変わってくるに違いない。

なにより。本当に心の底から安眠できるということがどれほど幸せなことか、奥離に来て初めて実感しないではいられない光希であった。

一度味をしめてしまったら、もう二度と手放せない。そういう意味では、光希にとって奥離は間違いなく禁断の園だった。

■ 6 ■

七月。学期末テストが終わり赤点もなく無事に終業式を迎えると、海棠家の双子はとりあえずホッとした。

夏休みである。これで、しばらくはあからさまな視線に曝《さら》されずに済む。それだけで、少しはマシな気分になれた。

けれども、肝心なことは何ひとつ解決してはいない。それが、一番の問題でもあった。

人の噂も七十五日——とは言うが、肝心の慰霊碑爆裂事件もまだ解決していないのに、たかだか一ヶ月弱のインターバルで自分たち家族へのバッシングがなし崩しに消えてなくなるとは思えない。マスコミにとって今回のことは、その関連で話題を引っ張るだけ引っ張れる美味しい事件だ。それを思うと、たまらなく憂鬱だった。夏休みだからといって浮かれる気分にはなれない。

一応、瑠璃は大学受験に向けて予備校の夏期講習を申し込んであるが、付属の高校からの持ち上がりということもあって外部受験よりも有利であるのは間違いない。

それでも、受験に『絶対』の二文字はない。念には念を入れて夏期講習には行くつもりだったが、状況が状況だけにイマイチ気が乗らなかった。

片や。この夏休み中に、担任と親を交えての最後の三者面談を控えている翔太のテンションは更に低い。ギリギリで赤点をクリアできたとはいえ、大学進学への意欲はまるでなかったからだ。

今どき、大学くらいは出ておかないと先々で苦労するのは目に見えている。一流だろうが三流だろうが、卒業してしまえば最終学歴は『大卒』。それが世間の常識であるのはわかる。就職だって、学歴不要論はただの建て前にすぎない。

だが。

——しかし。翔太的には、その暗黙のコースに乗ってしまうのは時間と金の無駄遣いに思えてならなかった。大学進学は翔太のというより、あくまで親の希望であったからだ。

だからといって、大学進学よりもぜひともこれをやりたい……という明確な目標もなかった。高校三年の夏休みになっても毎日をただダラダラ過ごしているだけ。自分でも情けなくなる。

瑠璃の目標ははっきりしている。将来は薬剤師になりたいらしい。なりたい自分像がはっきり見えている瑠璃が、翔太は本音で羨ましい。

双子なのに、顔も頭のデキも性格もまるで違う。二卵性双生児なのだからそんなのは当たり前……なのかもしれないが、母親の胎内でいいところは全部瑠璃に持って行かれたような気分だった。

そんなことを考えている時点で、すでに負け組一直線であると自嘲しないではいられない翔太であった。

……いや。翔太にとって本当の意味で頭上の鉄板は双子の片割れではなく兄《拓巳》である。

拓巳が自分たちの不幸の元凶だから……というだけではない。拓巳が地元では嫌われ者であるのは誰もが知っている事実だが、たとえ『エイリアン』呼ばわりされても拓巳は決して卑屈になったりはしなかった。

『病的な嘘つき』のレッテルが貼られても、むしろ気丈ですらあった。事故後に人格が崩壊してしまった光希を気遣う余裕すらあった。

いくら幼稚園からの付き合いだからって。バス事故のトラウマ持ちだからって。男同士で手を繋いで毎朝登下校なんて、あり得ない。

周囲の誰もが、そう思っていた。もちろん、瑠璃も翔太も。

これが、見た目アンバランスでどこから見てもギャグにしかならないのであれば、周囲もそれなりに笑い飛ばせたかもしれないが。小学生時代の拓巳は下手をすれば女子よりも華奢で小顔で可愛くて、しかも、自分の意思は絶対に曲げないという眼力が半端ではなかった。

一方の光希は。学年が上がるにつれて、その存在感に凄《すご》みを増していった。

露骨な冷やかしはあったが、誰も笑えなかったのだ。ジョークで笑い飛ばせなかった。その反動で嫌悪感が噴出した。

キモい。

キモすぎる。

皆がこぞって、ドン引いた。特に、女子の拒絶感はすごかった。もちろん、瑠璃も例外ではなかった。

裏を返せば。拓巳は赤の他人である光希には親身になれても、血の繋がった弟妹が拓巳のせいでイジメられているのに庇ってもくれない冷血漢だった。

なんで？

どうして？

それって違うだろッ。

無性に腹が立った。頭の芯までズキズキした。できるものなら、拓巳の胸ぐらを摑んで思うさま罵倒してやりたかった。実際には、そんな勇気も根性もなかったが。

どんな悪口雑言《あっこうぞうごん》を投げつけられても拓巳には平然としていられる図太さがあった。クラスで孤立してもまったく気にならない。何を言われても激昂《げっこう》することもなく、それが生意気だと小突かれたら殴り返す代わりにあの奇異な左目で睨み返す不遜《ふそん》さがあった。

無言でそれをやられて腰が引けるのは、いつも相手のほうだった。

それでなくても、拓巳のそばにはいつもあの凶暴な光希がいた。まるで、拓巳の守護神を気取っているかのように。

もしかして、それが目的で拓巳は光希に親身になっているのではないか。拓巳には、そういう、何もかも計算ずくで相手を蹴落とす狡賢《ずるがしこ》さがあった。

認めるのは癪《しゃく》に障るが勉強はよくできた。ただ頭がいいのではなく、頭がキレた。周囲があれだけ騒然としていたのに、がつがつにガリ勉していた瑠璃よりもずっと成績はよかった。

翔太にはしつこく進学を勧める母親も、拓巳に大学に行けとは一度も言わなかった。親も早く拓巳とは縁切りをしたかったに違いない。

そして拓巳は、大学進学はせずにさっさと家を出てイラストレーターとして自活する道を選んだ。

それが可能だったのは、拓巳に絵の才能があったからだ。

頭がよくて、イケメンで。皆に嫌われて孤立して、家族にも憎まれているのにふてぶてしくて。その上、自活できるだけの才能がある。翔太とは大違いである。

なんで。

どうして。

同じ兄弟でここまで違うのか。

(――不公平だろ)

本音でそれを思わずにはいられない。翔太にとって拓巳は越えられない壁ではなく、ただ見上げているしかない絶壁に等しかった。

イケメンな兄《拓巳》に比べてブサメンの弟《翔太》はなんの取り柄もないコンプレックスの塊。学校でも言われ放題である。これで卑屈にならないほうがおかしい。

きっと、瑠璃にはこんなコンプレックスで押し潰されそうになっている翔太の気持ちはわからないだろう。

瑠璃は妹《女》だからだ。翔太のように拓巳といちいち比べられたりしない。女というだけで得をしているようなものだ。

(いいよなぁ、瑠璃ちゃんは)

思わず愚痴って、すぐに自己嫌悪に陥る。あまりにも女々しい自分に嫌気がさした。

そんな翔太の唯一の趣味は読書である。

特に、大神千尋の大ファンだった。大神のバイオレンス要素満載の怪奇小説は翔太のバイブルと言ってもいい。それで翔太はイジメにも耐えられた。大神の小説の主人公みたいに、妄想の中で何度も連中をグチャグチャに破壊してやったからだ。

翔太にとって現実はまったく思い通りにはならない苦痛に満ちている。だが、妄想の中では無敵のヒーローにだってなれる。それくらいしか楽しみがなかった。

そんなとき、大神が新レーベルでミステリー・ホラー小説を刊行することを知った。翔太は喜んだ。すごく楽しみだった。

けれど。その新作のイラストが『香月蒼潤《かつきそうじゅん》』であることを知り、一瞬、後頭部に回し蹴りを喰《く》らったような気分になった。それが拓巳のペンネームだったからだ。

(ウソ……だろぉ?)

ショックだった。自分たちはネットでも学校でもあることないことを言われて、そのストレスで胃が痛くなるような思いをしているというのに……どうして?

なぜ、諸悪の根源である拓巳にはそんな幸運《ラッキー》が与えられるのか。

(こんなの、メチャクチャ不公平じゃないかッ)

しかも。大神は拓巳のことを期待の新人などとベタ褒めである。不公平を通り越して理不尽すぎると思った。

そのとき初めて、拓巳が描いた色紙の『死神シリーズ』がネットで話題になっていることを知った。マニアの間ではプレミアがついているのだと。着実にイラストレーターとして頭角を現している拓巳に……嫉妬した。

自分にはできないことをいとも簡単にやり遂げていく拓巳が今まで以上に憎らしくてならなかった。ギリギリと歯軋《はぎし》りをしたくなるほどだった。

厄介者の疫病神。海棠家にとっては、それが拓己だった。

拓巳を忌避して切り捨てたのは自分たちだと思っていた。それが自分たち家族にとっては最善の道だったのだと、ずっと、そう思っていた。そのことに対してなんの後悔も罪悪感もなかった。むしろ清々した。

けれども。

——今。

翔太は思う。本当は逆だったのではないかと。

もしかしたら、切り捨てられたのは自分たちだったのではないのか？　家族という重荷《しがらみ》がなくなって清々しているのは、拓巳ではないだろうか。

家を出て独立した拓巳を、誰も責めない。地元での悪評も、名前を変えれば人生をリセットできる。たとえ、それがただのペンネームであったとしても。翔太たちがどんなに切望しても得られなかった特権だった。

家族の絆を断ち切ることで、拓巳は自由になって自分の人生を好きに生きている。そんな気がしてならなかった。

許せなかった、何もかもが。グツグツと煮えたぎった頭の血管が今にもブチリと切れてしまいそうだった。

一方、瑠璃は。

小・中学時代に唯一仲がよくて、今は違う高校に通っている柏木凜《かしわぎりん》からメールを受け取った。凜は今回の騒動でもちゃんと瑠璃のことを気遣ってくれる本当の友人だった。

〈瑠璃ちゃん、大丈夫?〉

〈あんな噂に負けちゃダメだよ?〉

〈頑張りすぎないでいいからね? テキトーにリラックスだよ?〉

こんな状態でも、ちゃんと瑠璃のことをわかってくれる友人がいる。それが、何よりの心の支えだった。

その凜からのメールには。

《こないだ愛美ちゃんに聞いたんだけど。お兄さん、またやっちゃったらしいよ? 愛美ちゃんのお兄ちゃんが幽体離脱していて話もできるって、言ってるんだって。それで、和田さんだっけ? ほら、もう一人の生き残りの、ものすごく凶暴な人がいたじゃない。その人を愛美ちゃんとこの庭で生活できるように御厨のおじさんとおばさんに頼み込んだんだって。愛美ちゃん、もう、ハンパないくらいに激怒してた。どうしようかいろいろ迷ったけど、一応、知らせておくね?》

そう、書かれてあった。

(なによ、それぇ……)

携帯電話を持つ手が怒りでプルプル震えた。

(あいつ、なに、勝手なことやってるのよッ)

視界が憤激で赤く染まった。

凜と愛美は同じ高校の先輩と後輩である。中学の頃から部活も同じテニス部なので、けっこう仲がいいらしい。その凜からの思ってもみない情報に、瑠璃は脇腹がキリキリ引き攣《つ》れる思いがした。

（どうして、あいつは……。どこまであたしたちを苦しめればいいのよッ）

愛美が激怒しているのなら、それは、すぐに噂となって広まるに違いない。もしかしたら、瑠璃の耳には入ってこないだけですでに周囲では炎上してるかもしれない。凜もそれを心配してメールをしてきたのかもしれない。噂の真相を知っているのと知らないのとでは、雲泥の差がある。

グツグツと腸《はらわた》が煮えくり返るような気がした。

なんで？

どうして？

いつまでも、こんな理不尽が許されるのか。

瑠璃はギリギリ奥歯を軋らせずにはいられなかった。本当に、拓巳は存在するだけで不幸を撒き散らす疫病神も同然だった。

そのことを、瑠璃は翔太に話して聞かせた。誰かに言われて翔太が変に傷つくよりも先に自分の口から伝えたほうがいいと思ったのだ。

ずっと無言で聞いていた翔太は、最後の最後。

「あんな奴、死ねばいいのに」

唇を歪めて吐き捨てた。

瑠璃はその暴言をたしなめようともしなかった。瑠璃自身がそれを願っていたからだ。

アンナ奴——死ンデシマエバイイノニ。

拓巳さえいなくなれば、この理不尽な不幸のループから脱出できる。――はずだ。

拓巳さえ永遠に自分たちの前から消えてしまえば何もかもがリセットできる。――に違いない。

(あんたなんか……あんたなんか、あたしたちの前からさっさと消えてッ！)

激情のままに、強くそれを願わずにはいられなかった。

多加木駅
ザ
ザ

よかったね タッくん 仕事《イラスト》が本決《ほんぎ》まりになって
ぐつぐつ
大神《おおがみ》さんって ベストセラーを ガンガン連発《れんぱつ》 してる人《ひと》でしょ？
俺《おれ》みたいなド新人《しんじん》を推薦《すいせん》してもらえるなんて
ラッキーを通《とお》り越《こ》して なんか夢《ゆめ》みたいな話《はなし》
だって元《もと》ネタが 霊視《れいし》のバイト なんだから 当然《とうぜん》って言《い》えば 当然《とうぜん》かもね

それとこれとは別物《べつもの》だって
大神《おおがみ》さんのイラストなら絶対《ぜったい》やりたいって奴《やつ》いっぱいいいるし
新作《しんさく》のレーベルならやっぱ売《う》れ線《せん》のイラストレーターを起用《きよう》するのが業界《ぎょうかい》の常識《じょうしき》だからな
タックんより上手《うま》く描《か》ける人《ひと》なんていないよ
だといいけどな
カン
カン…

20
ピンポーン
こんな時間《じかん》に誰《だれ》だよ？
ガチャ

しん
どなたですか？
？
！

翔太《しょうた》？
ウソ……
なんでここに
いるんだ……？
俺《おれ》のことを
嫌《きら》ってるはず
なのに……？
ガチャ
翔《しょう》……

ウソ……だろぉ?
……っぁ
……っ
な……んで——!?
グッ
——どうして!?

タッくん
誰《だれ》だったの？
ねぇ タッくん
どうしたの？
ユラ
ガクッ
……え？
……翔太《しょうた》？

なんで？
どうして？
どうして翔太《しょうた》がここにいるの？
――ッ！
ぐいっ
……あ……
ダッ

タ……
タッくん
たたっ
……
ウソ……
フワ…
ウソ
ウソ
やだ
タッくん
フワ…
フワ…
タッくん！
だ……
誰《だれ》か……
たたっ
フワ…
フワ…
誰《だれ》かタッくんを
助《たす》けて
タッくんを
助《たす》けてよ――ッ
フワ…

フワ
フワ
……っ
タッくん……ッ
タッくん
死《し》んじゃう
光希《こうき》……ッ
光希《こうき》
光希《こうき》
フワ
フワ
光希《こうき》——ッ

うわあああ
ああああ
ザァァァァ
〜〜〜〜〜〜〜〜〜ッ

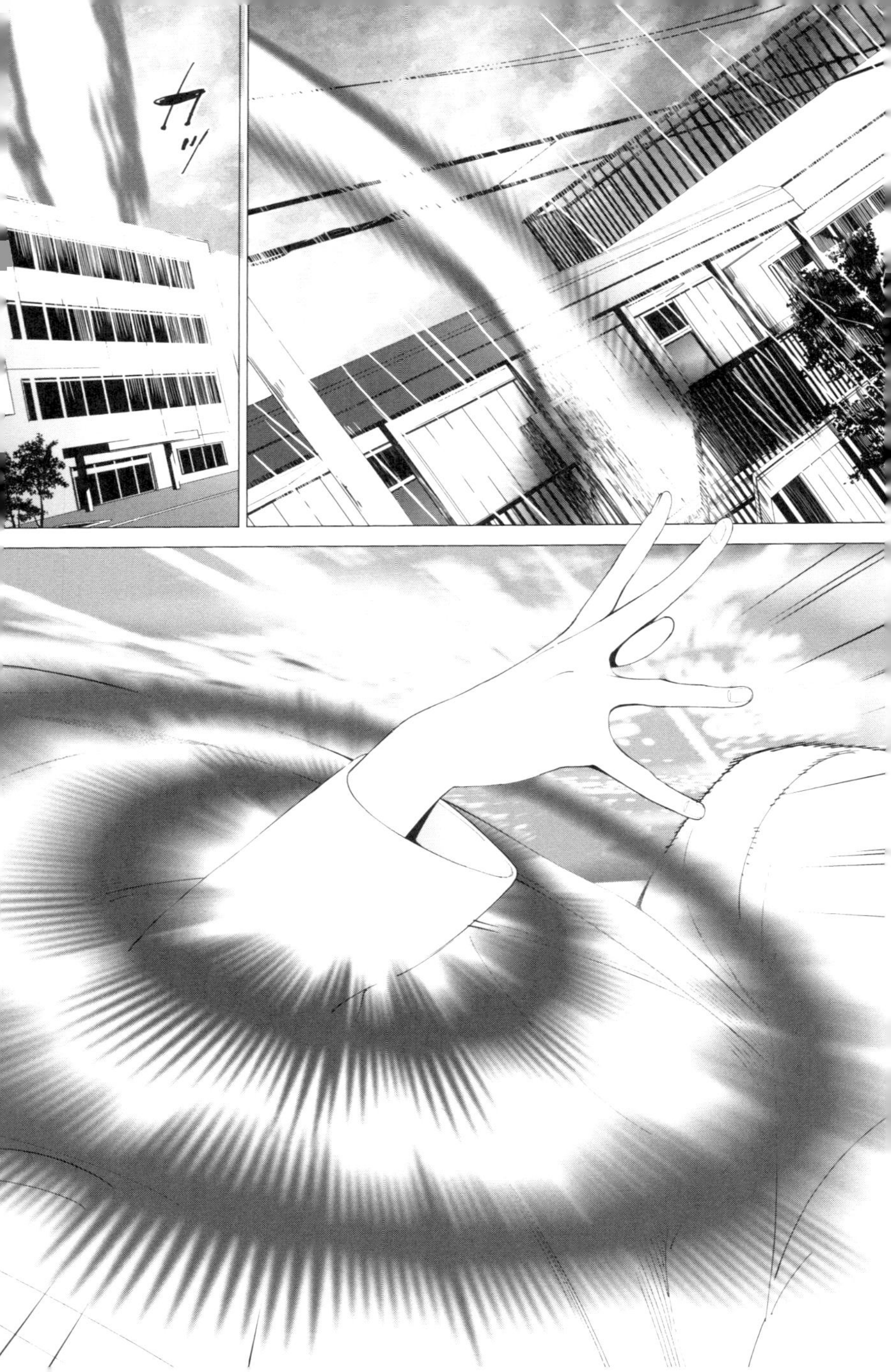
ガッ

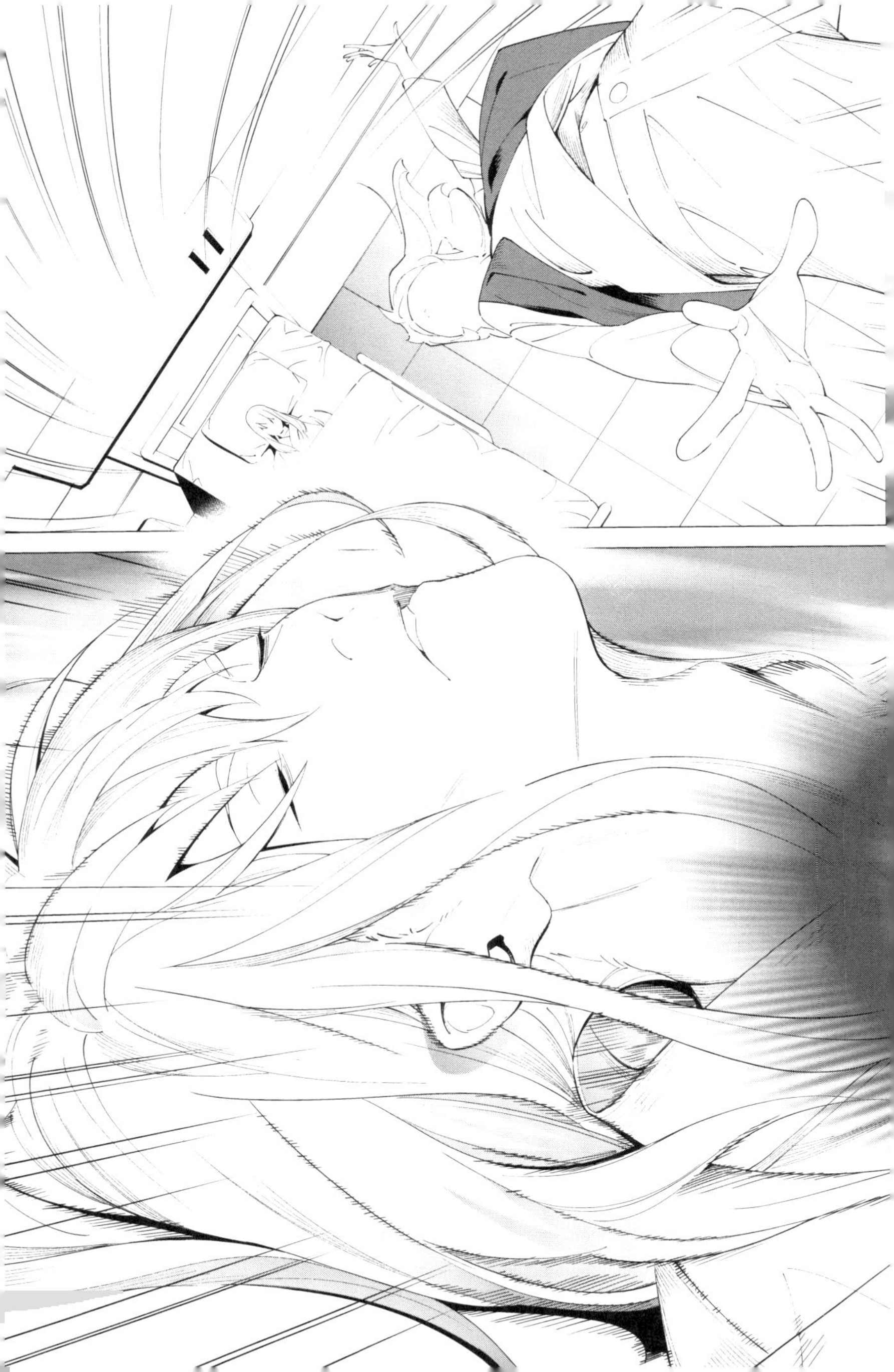

ビーッ
ビーッ
ガクガク
ビーッ
ビー…

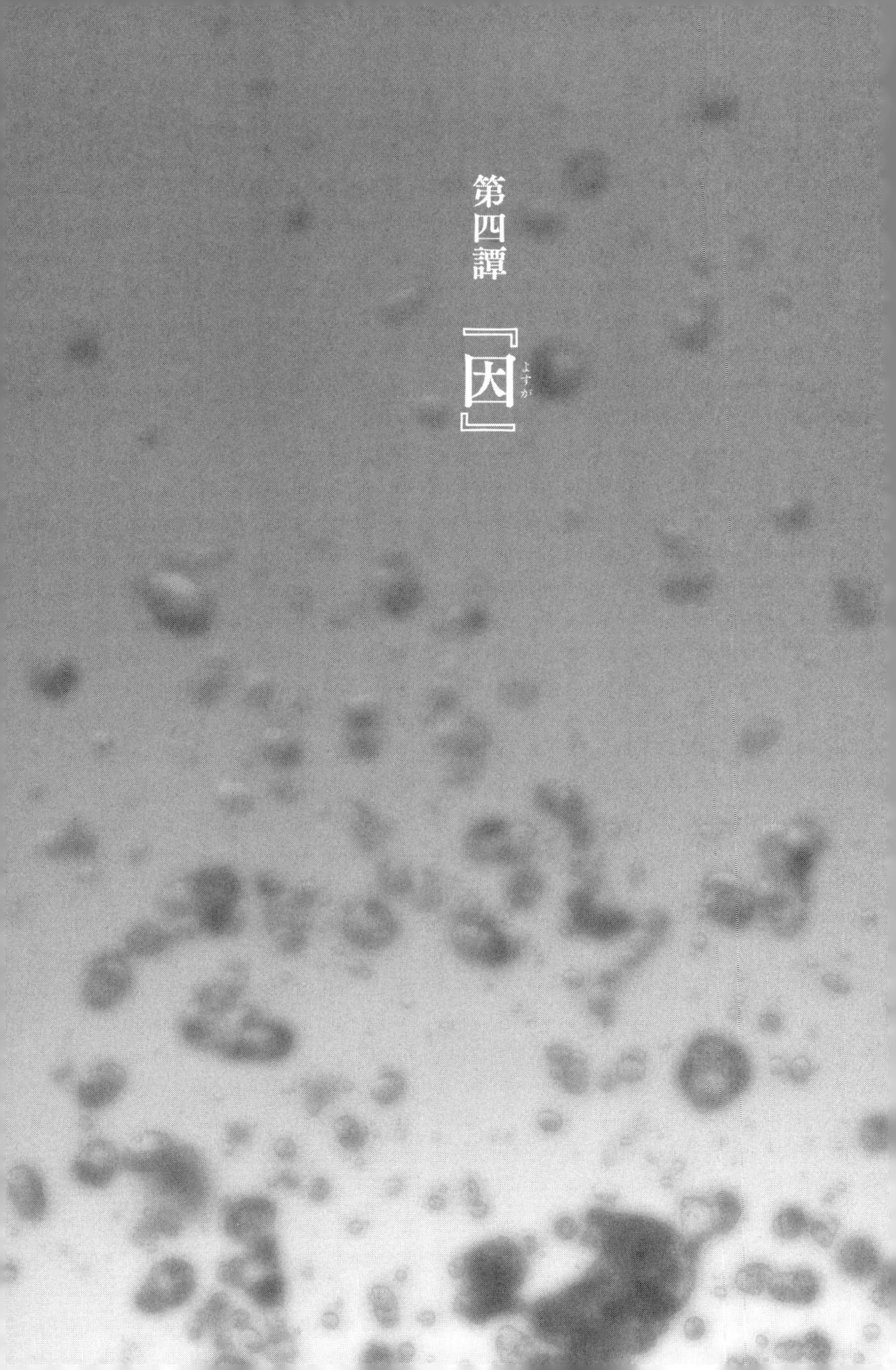

第四譚

『因《よすが》』

ザァアア…
さすがに
腹減《はらへ》ってきた

ガサ
ガサ
いくら仕事《しごと》だからってガキのお守《も》りもいいかげんウンザリだよな
ビリッ
誰《だれ》ですかこれ
昇竜湖《しょうりゅうこ》のバス事故《じこ》の生《い》き残《のこ》りだ

あー…例《れい》の？
仙界《せんかい》から百年《ひゃくねん》ぶりに尾族《びぞく》の王様《おうさま》が顕現《けんげん》したって一族《いちぞく》の間《あいだ》でもそりゃもう大騒《おおさわ》ぎだったよな
九尾《きゅうび》の天狐《てんこ》なんて俺《おれ》たちみたいな末端《まったん》からしたらリアル感《かん》のない妄想《もうそう》の産物《さんぶつ》っていうか
ぶっちゃけ都市伝説《としでんせつ》みたいなものだからなぁ
雲上人《うんじょうびと》どころかもはや異次元《いじげん》？
おまえにはこの男《おとこ》の監視《かんし》を頼《たの》みたい
監視《かんし》…ですか？
いつまで？
とりあえず一《いっ》か月《げつ》
そうだ

長《なが》いっすね 理由《りゆう》を聞《き》いても？
悲惨《ひさん》なバス事故《じこ》の生《い》き残《のこ》りっつってもこいつはただの人族《ガキ》だろ？ 財狼衆《さいろうしゅう》のトップである葛原《くずはら》さん直々《じきじき》のご指名《しめい》で監視《かんし》を付《つ》けるような大物《おおもの》にゃ見《み》えないんだけど
そいつがすこぶる厄介《やっかい》な速贄《はやにえ》だからだ
…は？
はやにえ…って、なんだ？

死《し》ぬべき運命《うんめい》に逆《さか》らって黄泉《よみ》の穢《けが》れを纏《まと》った者《もの》、か
パラ‥
『バス事故《じこ》の生《い》き残《のこ》りK君《くん》と遺族会《いぞくかい》との埋《う》まらない確執《かくしつ》』
『遺族会《いぞくかい》、苛立《いらだ》ちＭＡＸ提訴問題《ていそもんだい》はどうなる？』
『大人《おとな》げないリンチ集団《しゅうだん》と名指《なざ》しされてブログは大炎上《だいえんじょう》』
なんともしんどそうな人生《じんせい》背負《せお》ってンなあ
今日《きょう》も可《か》もなく不可《ふか》もなし…ってな

本業《ほんぎょう》はイラストレーターらしいけど ほぼ毎日《まいにち》が引《ひ》きこもり生活《せいかつ》に近《ちか》いんだから 監視《かんし》の意味《いみ》なくねーか？
ガサ ガサ
俺《おれ》に言《い》わせりゃ張《は》り込《こ》みはほぼ無駄足《むだあし》
疲労感《ひろうかん》だけが溜《た》まっていくようなもんだって
今日《きょう》はこれで終了《しゅうりょう》…だな
ポイッ
ゾクッ

なん…だ？
あいつ…
傘《かさ》もささずにアパートに向《む》かって行《い》ったからてっきり住人《じゅうにん》だと思《おも》ってたけど…

バ
血《ち》の臭《にお》い?
マズい
マズい
マズい
バシャ
バシャ
これってなんかすげーヤバいんじゃねーか?
カツ
カツ

マジで 最悪《さいあく》

ピッ
至急《しきゅう》 救急車《きゅうきゅうしゃ》をお願《ねが》いします
人《ひと》が刺《さ》されて倒《たお》れてます
…場所《ばしょ》？
えーと宮川町《みやがわちょう》の青葉荘《あおばそう》…
ザァァァァー…

■ 2 ■

雨、だった。

パシパシとアスファルトを叩《たた》く音。ぽたぽたと傘の先から水滴がこぼれ落ちていく韻《おと》。ピチャピチャと水溜まりを蹴散らす靴の響き。水かさが増した河がざーざーと勢いよく流れていく濁音。

雨は雫《しずく》になって様々な音色を奏でる。

音波はリズムを生み、メロディーを爪弾《つまび》く。天空から降り注ぐ無数の滴りは雫となって旋律を舞うのだ。

そうして。間断なく降りしきる雨に、やがては街の喧噪《けんそう》も掻《か》き消されていく。よくも悪くも、罪の意識も真摯《しんし》な祈りも、雨音とともにすべてを内封してしまうかのように。


御厨《みくりや》家。

奥離《おくり》に面した離れ家。

(ぜんぜん止みそうにねーな)

雨に濡れそぼる木々を眺めながら、和田光希《わだこうき》は細くため息をついた。

雨は好きじゃない。

特に、冬場の雨は。ホームレス時代の記憶をまさぐっても嫌な思い出しかない。ねぐらを探すのにも苦労するし、寒くて身体が芯から凍えるから。

夏の雨はそれよりもマシというだけで、基本、雨は好きじゃない。

だが、天敵かと言われると一概にそうとも言いきれない。雨が降ると頭の中の雑音もブレてぼやけるからだ。不快なノイズも自然現象には勝てない。つまりは、そういうことなのかもしれない。

とにかく。今夜は定番の寝袋ではなく家中《いえなか》で寝ることになるのは決定的だった。

(なんだかなぁ……)

少しだけ気が滅入る。

和田家が崩壊して放浪生活《バックパック》が続いていた光希にとって、和風《畳》だろうが洋風《フローリング》であろうが、きっちりと壁で仕切られた部屋はなんとなく窮屈で息が詰まる。

屋根があって、雨風も凌《しの》げて、しかも食事まで付いてくる。以前とは段違いに居心地のいい場所なのに『息が詰まる』だなんて、そんなことを口にしたら罰《バチ》が当たりそうだが、胸に留めておく分には害はない。なんだかんだ言いながらも、奥離という場所が光希にとってなくてはならない領域であることに違いはなかった。


午後九時を過ぎて、雨はけぶるような霧雨に変わった。

今夜は夫が仕事絡みの飲み会ということで、娘《愛美》と二人だけの夕食を済ませたあと、御厨芙美花《ふみか》はひとりリビングのソファーに座って寛《くつろ》いでいた。

ローテーブルにはお気に入りのミルクティー、手元には自分専用のタブレット。ノートパソコンよりもいろいろと使い勝手がいいので愛用している。そこには我が子の成長記録が詰まっていた。

映像フォルダーには『仁《じん》』と『愛美《まなみ》』。『愛美』には年月とともに写真も動画もそれなりに増え続けてきたが、あのバス事故以来『仁』の成長記録はプッツリと途切れたままだった。

切なくなる。

悲しくなる。

シクシクと胸が痛む。

それでも。さすがに、昏睡状態の息子にカメラを向ける気にはなれなくて。

いや……。そんな状態で写真を撮ったら、かろうじて現実に繋《つな》ぎ止めている息子の生命の灯火《ともしび》が吸い取られてしまうような気がした。そんなことは時代錯誤のバカげた妄想だとわかっていても、だ。

迷信。盲信。不条理。非合理。似たような言葉が頭に浮かんでは消えたが、感情的にどうしても割り切ってしまうことができなかった。

毎年、療養所の病室でささやかな誕生会をやって思い出を重ねても、記念写真として残してはこなかった。それが仁の遺影になってしまうことを何よりも恐れていたからだ。

タブレットの中には、可愛く聡明で優しい息子の思い出がいっぱい詰まっている。小学二年生までの姿が。ときおり思い出したようにフォルダを開き、在りし日の感傷に浸る。そうすることで心のバランスを整えてきたと言っても過言ではなかった。

希望はある。そう信じている。

それがいつ叶うのか、神様だけが知っている。

否定はしない。それでも、祈ることは止められない。願わずにはいられない。諦めない限り希望は残されているのだと、信じているからだ。

信仰心が篤《あつ》いからではない。最後は神仏頼みに行き着いたからでもない。息子が現世に踏み止まることを願って日々を戦っていると確信しているからだ。

仁の脳活動はいまだ衰えてはいない。むしろ、同じような状況にある者たちに比べて活発であるとさえ言える。主治医からも極めて稀《まれ》なケースであると言われた。

ときおり、閉じた瞼《まぶた》の裏の眼球が動くことがある。仁が夢を見ていることの証だ。どんな夢を見ているのか、それは誰にもわからないが。

仁は戦っている。生きることを諦めていない。ならば、必ず目が覚めると信じて見守ることが親としての愛情《務め》だと思っていた。

できること。

——できないこと。

その境界線は曖昧なようで、くっきりと明確だった。

あんなことや、こんなこと……してやりたくてもできないことのほうがだんぜん多い。それを嘆いてばかりはいられない。

昏睡と脳死は違う。それを同一視していろいろ言われることもあるが、周囲の雑音を気に病んでもしょうがない。

今は、まだ。そう思って顔を上げるか。

今も、まだ。足下に視線を落とすか。

それは気の持ちようだ。無理に笑顔を作らない、頑張りすぎない、過度の期待をして落ち込まない。

でも、諦めない。それくらいでちょうどいいと思っている。

そのとき。不意に、電話が鳴った。

着信表示は『療養所』だった。

一瞬、ドキリとして。芙美花はコール音が鳴り続ける電話を凝視した。普段であれば、こんな時間帯に鳴るはずのない電話に何かしら不穏なものを感じて。

もしかして、仁の容態が急変でもしたのでは……？

頭のへりを掠《かす》めたものを打ち消すようにひとつ息をついて、受話器を取った。

「はい。御厨でございます」

『夜分、失礼いたします。榊原《さかきばら》です』

仁の主治医であった。心なしか、いつもより声が固い。……ような気がした。

先ほどの不安感がジワリと甦《よみがえ》った。

「いつもお世話になっております」

仁に何かありましたでしょうか？

芙美花がそれを口にしようとする前に、榊原が言った。

『先ほど、仁君が目を覚ましました』

「……え？」

思わず間の抜けた声が漏れた。自分が、何か聞き間違えたのではないかと。受話機を強く握り返す掌がやたら汗ばんだ。

「あの、せんせ……それって……」

声が上擦り、言葉尻が変なふうに掠れた。頭の芯が妙にズキズキと疼《うず》いて、上手く呂律《ろれつ》が回らなかった。

『はい。先ほど突然、仁君の意識が戻りまして』

口早に榊原が告げる。

瞬間、キーンと耳鳴りがした。

ドクンと、ひとつ大きく心臓が跳ねて。その煽《あお》りで顔面が一気に火照《ほて》った。何か言おうとしても、喉《のど》が、唇が、舌がかさついて言葉が出なかった。

『あー……すみません。なんだか僕たちもすごく昂奮《こうふん》しています』

そんな。

まさか。

……本当に？

嘘《うそ》じゃないの？

冗談じゃないの？

……夢ではないの？

これって——本当に現実？

頭の芯のズキズキが胸のドキドキにすり替わる。

絶望の中の一筋の希望。この十二年間ひたすら待ち続けてきた吉報であるはずなのに、榊原の言葉がにわかには受け入れがたくて。御厨家にとっての悲願が一気に開花したことが信じられなくて。

ドクドクと異様に逸《はや》る拍動に圧迫されて、胸が潰れそうに痛かった。

「本当に？　本当ですか？　本当に、あの子が？」

しつこく繰り返す。指が痺《しび》れるくらいに受話機をきつく握りしめながら。耳障りなほどに膨れ上がった鼓動で榊原の声がよく聞き取れなかった。

『今は戻ったばかりで意識は混濁ぎみですが、間違いありません』

きっぱりと力強く、榊原が断言する。

その瞬間、頭の中の雑音が一気に霧散して目の前がパーッとクリアになった。

「あ……ありがとう……ございますッ」

ようやく間違いのないことなのだと実感して、芙美花は深々と頭を下げた。

『いえ、これもひとえに仁君の頑張りとご家族の愛情の賜《たまもの》だと思っております。本当によかったですね』

榊原の口調にも真摯なものがこもっていた。

「はい。……はい。あの、これからすぐに伺っても？」

面会時間はとうに過ぎているが、居ても立ってもいられない。気が急いて、心がざわめいて、身体の芯がジリジリと焼け焦げそうだった。

『もちろんです。お待ちしております』

「はい。よろしくお願いいたします」

ぎくしゃくと受話機を戻した——とたん。

「あぁ〜〜〜ッ」

芙美花は歓喜に呻《うめ》いた。

感極まってこぼれ落ちる涙を拭《ぬぐ》うこともできず、わななく唇はときおりヒクヒクと引き攣《つ》れて、震える声をただ噛《か》み締めることしかできなかった。

あの悲惨なバス事故から十二年。

【生きているのに死んだも同然】

表立っては口にしなくても陰で密かにそう言われ続けてきた。

三人が生き残って、どうして我が子だけがこんなことに……。残酷なだけの奇跡だと、当初は悲嘆に暮れたこともあった。

【植物状態でいつまでも生かしておくほうがかわいそう】

遺族会が主催しているサイトの書き込みには『そういうのは愛情ではなく単なる親のエゴではないか？』と、辛辣《しんらつ》な言葉もあった。もちろん、それに対する反発の書き込みも多数あったが、心臓をグサグサ抉《えぐ》られるような思いがしたのも事実だ。

【終わりの見えない終末医療には、親としてケジメを付けるべきなのでは？】

他人は簡単にそんなことを言う。当事者ではないからそんな無責任なことが平気で言えるのだと思うと、腹立たしくてならなかった。

【治療費もバカにならないのに無駄金をドブに捨てるようなもの】

聞き捨てにはできない暴言である。

息子は日々頑張って懸命に明日へと命を繋いでいるのに、親が諦めてどうする？　諦めないことは決して無駄な努力などではない。

【やっぱり、金のある家は違う】

ささやかな同情もあからさまな批判もこれ見よがしの皮肉も多々あった。それでも、家族は諦めなかった。

いつか、きっと、仁は目覚める。それを願い続けて十二年。今夜、ようやく、一家の悲願が叶ったのだ。

諦めないでよかった。本当によかった。心底、それを思う。

諦めない限り奇跡は起こるのだ。こんなふうに、突然、舞い降りてくるのだ。

それが嬉しくて、ただ泣けてきて、今は何も言葉にならなかった。


二階、愛美の部屋。

その頃、愛美は、スマートフォンでＬＩＮＥ中だった。相手は小学校時代からの親友、榛名《はるな》唯《ゆい》である。
■唯：それで、どんな感じ？■
□愛：もぉ、最悪□
■唯：そうなんだ？■
□愛：だって、多可良《たから》町の狂犬なんだよ？□
光希のあだ名である。
■唯：地元じゃ、ある意味レジェンドだもんね■
違わない。ただし、変人モンスターという意味でだが。その悪名は自分たちが住む多可良町だけではなく、学区内である近隣周辺にまで轟《とどろ》き渡っている。

アレやコレやソレや、スキャンダラスな噂《うわさ》には事欠かない。その手の噂はたいがい三割増しでおもしろおかしく悪意まじりで誇張されているものだが、光希の場合は九割方が事実である。なにしろ、そこら中、目撃者だらけだった。

あんなふうになる前の光希をよく知っている愛美からしてみれば、今の光希はリアル・モンスターであった。

そんな要注意人物と同居しているというだけで愛美にとってはものすごいストレスだった。たとえ、光希がめったに視界の中に入ってこなくても。

そのせいで、このところ母親との関係が妙にギスギスしたものになってしまった。学校から帰ってきても、会話がなくなった。食事中もただ黙々と食べるだけで、食後はすぐに自室にこもってしまう毎日であった。

□愛：目つきなんか凶悪を通り越して極悪なんだから。絶対に近寄りたくない□

親友相手には親に言えない本音が駄々漏れる。つい先日、光希とやり合って、今更のようにそれを痛感した。いや……させられた。すごく、怖かった。

光希が御厨家の奥離に居《い》候《そうろう》中であることはすでにバレまくりである。愛美が腹立ちまぎれでガールズ・トーク中に愚痴ったせい、とも言えるが。それが大々的に炎上というよりはむしろひっそりとしめやかに拡散していったのは、やはり、そこに拓巳《たくみ》が一枚嚙んでいたからだ。

今回の一連の騒動では、皆、ほんの軽口のつもりで言ったことがのちのち巡り巡って自分たちに降りかかってくる、つまりは『口は禍の門』になることを痛感させられた。

遺族会だけではなく、まるで地元ぐるみで光希と拓巳を不幸のどん底に突き落としたかのように報道されて、誰もが憤慨しつつもきっぱりと否定できなかった。負い目があったからだ。

大なり小なり、その噂に加担していたという後ろめたい自覚があった。見て見ない振りをするのは消極的な加害者である——という倫理観に基づいて。

しかし。今回は当事者である愛美が憤慨しているのだから、嘘偽りのない事実であって自分たちが悪意を垂れ流しているわけではない。だったら、ごく内々であれば構わないだろう……的な広がりであった。

なんと言っても、拓巳が御厨の両親と取り交わしたという条件が条件だったからだ。愛美が激怒している理由。そのことに対して、誰もが強い関心と興味を抱かずにはいられなかった。
■唯：海棠《かいどう》さんとは、どう?■
□愛：来てるみたい。あたしが学校に行ってるときを狙って□
やることが姑息《こそく》である。愛美にはそうとしか思えない。だから、よけいに腹が立つ。
■唯：鉢合わせしてるわけじゃないんだ?■
□愛：あたしがいたら、絶対に騙《だま》されないもん□
それだけは自信を持って言える。拓巳に言い負かされたりしない。自分が最後の砦《とりで》なのだ。その強い想いがあった。
■唯：愛美のお兄ちゃんが幽体離脱してるって発想がスゴイよね■
□愛：やーめーてー。それ聞くとムカつくだけだから（怒）□
いまだに憤激がぶり返してくる。幽霊が見えるだのなんだの、嘘八百を垂れ流すことより百万倍タチが悪かった。兄のことをそんなふうに持ち出すことなど、絶対に許せなかった。

■唯：でもさ、ちょっとくらいは気にならない？■
□愛：何が？□
■唯：愛美は海棠さんのことを毛嫌いしてるけど。あの人、本当に見えるらしいよ？■
□愛：やだ。本気で言ってる？□
まさか、唯がそんなことを言い出すとは思わなかった。
（それって、冗談だよね？）
ただのジョークにしてもタチが悪すぎる。愛美はスマホを睨《にら》んで眉《まゆ》をひそめた。
■唯：愛美、知らない？　小説家の大神《おおがみ》千尋《ちひろ》■
□愛：知らない。誰、それ？□
■唯：怪奇小説家。えーと、バイオレンス・ホラーの第一人者で、大ベストセラー作家って言われてる人なんだけど■
□愛：わッ……無理。あたし、グロいのダメ□
■唯：実は、あたしも一巻でメゲた（笑）でね、その人、心霊現象とか霊障関係とかにものすごく詳しくて、今度、そういう小説を書くんだって■
□愛：ふーん……。それが、あの人とどういう関係があるの？□
■唯：その新創刊される小説のイラストを描くのが香月《かつき》蒼潤《そうじゅん》。それってつまり、海棠さんのペンネームだったりするわけ■
□愛：それって、ホント？□
ビックリした。マジで驚いた。拓巳が描いた絵が我が家のリビングに飾ってあるのは知っているが、イラストレーターをやっていることも知らなかった。高校卒業と同時に家を出たことは噂で聞いていたが、拓巳が真面目に仕事を……それもクリエーターをやっているだなんて、まるっきりイメージできなかった。

■唯：なんかさぁ、それで今、その手の掲示板でものすごく噂になってるのよ■

□愛：どういう？□

■唯：今回のあれで、イラストレーターとしての海棠さんのペンネームもバレバレになっちゃったらしくて。いろいろ大変なことになってるみたい■

□愛：何がいろいろ……なわけ？□

■唯：大神さんと海棠さんらしき人とゴスロリ美人の三人で心霊スポットに出没してるのがマニアの間じゃけっこう目撃されてるみたいで。新作の小説は一応フィクションってことになってるけど、元ネタは海棠さんの霊視体験じゃないかって■

□愛：ウソだよ、そんなのあり得ないって。デタラメに決まってるってば□

愛美は即座に全否定する。

□愛：あの人、妄想型虚言症なんだよ？　知ってるでしょ？□

なんだかムカムカしてきて、すごく嫌な気分になった。

■唯：だから、あくまで、ウ・ワ・サ■

□愛：そういうタチの悪いウワサが一番ヤバイよ。ネットってホントこわ～い。絶対に信じちゃダメだからね？□

■唯：うん。……そだね。気を付けよ■

□愛：ホントだよぉ。騙されちゃダメなんだから□

愛美にとって、光希以上に何かと問題のある拓巳とは極力関わりたくない人物筆頭と言っても過言ではない。

嫌悪感《イライラ》。

異物感《ザワザワ》。

不安感《ギスギス》。

ここ最近は特に、拓巳の名前を聞くだけで心がガリガリ削られていく。なぜなら、拓巳がありもしない嘘を並べ立てて両親を騙し、自分の都合のいいように丸め込もうとしているからだ。

猛烈に腹が立つ。

絶対に許せない。

たとえ唯の言っていることがただの噂であっても、ネット上で拡散してそれがそのまま真実であるかのように認識されてしまうのが、愛美にとっては許し難い暴挙であるように思えた。

あのバス事故で御厨家は甚大なダメージを被った。兄《に》は今も昏睡状態のままだ。

表立っては誰も口にしないが『奇跡的に命は助かったがあれでは生きているとは言えない』状態が十二年も続くと、気分的には永遠に終わらない蟻地獄であった。

兄の死を願ったことなど一度もない。それは本当だが、毎週末に家族揃っての療養所通いがストレスでないとは言いきれない。御厨家の事情を知っている周囲は絶対に愛美を週末には誘わないからだ。

中学生になると部活のこともあって、両親は愛美の好きなようにしていいと言った。たぶん、本心だろう。だからといって、愛美だけが好き勝手に週末を楽しむことなどできるわけがないではないか。

部活と家族の絆のどっちが大事？　究極の二者択一である。結局、テニスの試合があるときは試合優先でそれから療養所に行くことにした。

母親はテニス部の保護者会でも率先して役員を引き受けてくれたし、両親が揃って試合を観にも来てくれた。素直に嬉しかった。

その一方で。そうした両親の気遣いが、まるでそうしなければならないという義務感であるかのようにも感じた。

それが、心の小さなささくれを生んだ。……ような気がした。

いじけてる？

すねてる？

僻《ひが》んでる？

正直な話。お兄ちゃんとあたしと、どっちが大事？——その言葉が喉まで出かかったことなら、数え切れないほどある。

ヒネくれてる？

卑屈になってる？

リフレインしてる？

地元民ではない高校に入ってからの友人は誘ってもノリの悪い愛美に付き合いの悪さを愚痴るが、それもどこからか家の事情を聞きつけると、それもパッタリと止んだ。あからさまに気を遣ってもらうのも、それなりに疲れる。

今の時代、情報はワンクリックでどこからでも引き出せる。それを思うと、迂闊《うかつ》にSNSでプライバシーを駄々漏れにしたいとは思わない。
▼いいね♪▲
なんて、本当に心から思っているかどうかもわからないフォローなんか必要ない。『いいね♪』自慢をしたい人はそれでもいいけど、本音で言って、愛美はネットで顔も素性も知らない他人と繋がりたいとは思わない。だって、なんか……気持ち悪い。

本当の友達って、そういうもんじゃないんじゃないの？

愛美だったら、じかに顔を合わせて語り合い、しっかり信頼を築いていくほうがいい。唯のような親友が一人でもいればそれでいい。

仁が悲惨なバス事故の生き残りであることは隠しようのない事実だ。だが、あえて触れられたい話題ではない。

今までは、周囲もそれなりに気遣ってくれた。ときには、うんざりするくらいに過剰なほどに。それはそれでありがたいことだけど……。

でも、拓巳と遺族会とのトラブルのとばっちりで、この十二年間それなりに平穏だった愛美の生活はすっかり変貌してしまった。それが、こんなにも苛《いら》つく。無駄に心が削られていく。そんなふうに自分を苛立たせる拓巳が、嫌いだ。大嫌いだった。
■唯：愛美もいろいろ大変だねえ■
□愛：うん□
■唯：一人で頑張らなくてもいいんじゃない？■
□愛：わかってても、できないこともあるよ□

視界に入るか入らないかの問題ではない。今は、光希の存在そのものがストレスの極みなのだから。

それを唯に理解してもらえるとは思えないが、こうやって愚痴を聞いてもらえる親友の存在は大切だ。

愛美一人では手に余る。

と――そのとき。階段をバタバタと駆け上がる足音がして、いきなり、部屋のドアが開いた。

ドッキリ。

ビックリ。

思わず顔が強ばりついた。

「ちょっと、お母さん、ノックくらいしてよッ」

怒りにまかせて愛美が怒鳴る。プライバシーの侵害である。

「大変、大変。愛美、大変なのよ。仁が……仁が」

母親は早口にまくし立てた。

(お兄ちゃん？)

愛美は別の意味でドキリとする。

(まさか……また発作なの？)

このところ、仁はよく発作を起こす。何が原因なのかはわからないが、痩せ衰えた兄の姿を見るたびに頭の中では『発作＝死の予感』という図式ができあがっていて、愛美の心臓はバクバクになった。

「仁が……仁が目を覚ましたのよ」

「……は？」

一瞬、どういう顔をすればいいのかわからなかった。

「……ウソ」

まさか。

ホントに？

（冗談でしょ？）

つい、そう思ってしまった。

母親の興奮を抑えきれない顔つきを見れば、それが冗談などではないことはわかりきっていたが、この十二年間、なんの兆候もなかっただけにすぐには感情が追いつかない。

ブチまけて言ってしまうと。愛美の中では『希望を捨てないこと』と『兄の覚醒』は同意語ではなかった。むしろ。もちろん『希望は捨てていない』けれど『いつか来るその日のための覚悟』だけはきちんと持っておこうと思っていたくらいだ。

その日が来たら、きっと、両親は打ちのめされてしまうだろうから。そのときは、自分がしっかりと支えなければならない。そう、思っていた。

――なのに。

信じられない。

直情的な否定感で頭の中が埋め尽くされた。

「今、榊原先生から連絡があったの」

母親の声は喜色で上擦っていた。それが、拓巳が幽体離脱している仁の言葉を代弁する――十二年ぶりに仁と話ができると浮かれていたときの母親の姿と重なって、なんだか……妙に癇《かん》に障った。

拓巳と主治医とではその言葉の信憑《しんぴょう》性は段違い。まったくの別もの。わかっていても、フツフツと込み上げるものがあった。

「それって……ホントなの？」

「えぇ、えぇッ。だから、ほら、愛美も急いで仕度をして。今から療養所に行くわよ。お父さんとはあっちで落ち合う予定になっているの」

それだけ言って、母親は愛美の返事も聞かずにまたバタバタと階段を下りていった。

（お兄ちゃんの意識が戻った？）

ウソでしょ？

マジで？

（それって……あり得なくない？）

唯とＬＩＮＥ中であることも忘れて、ただ呆然《ぼうぜん》とつぶやくことしかできない愛美であった。


そのとき、光希は。離れ家で食べた夕食の食器を母屋に戻しに来ていた。

相変わらずのボッチ飯である。それでなんの不満も不都合もなかった。

むしろ、仁の家族と同じテーブルを囲んで食事をすることのほうがストレスであった。特に、愛美との相性は最悪である。露骨に避けられているのがミエミエだった。だからといって、別に痛くも痒《かゆ》くもないが。

芙美花はそんな光希の意思を尊重して何事にも無理強いはしなかった。それが、今の光希にはありがたかった。

光希としては放っておかれたほうが楽なのだ。なので、食器も皆が自室に戻る時間帯《タイミング》を見計らって母屋のキッチンに返しに来る。それが、光希が奥離に住むようになってからの日常風景であった。

——が、この日はいつもとは違った。

ゆったりとした足取りで光希がダイニングキッチンに向かっていると、バタバタと二階から駆け下りてくる芙美花とバッタリ出くわしてしまった。

バッチリ、しっかり、目も合ってしまった。

「……ども」

光希がつぶやいて軽く頭を下げる。と……芙美花は顔をクシャリと歪《ゆが》めたかと思うと、小走りに寄ってきていきなり光希に抱きついた。

は？

……ええッ？

…………なに？

わけもわからず光希は硬直する。

なんだ？

……どうした？

…………いきなり突然、何ハグだ？

不意打ちのスキンシップに弱いことをあからさまに露呈してしまう光希であった。

芙美花に抱きつかれたまま、フラフラと視線を泳がせる。

（おーい、仁。いないのか？　仁？）

思わず仁の名前を呼ぶが、返ってきたのは沈黙だけだった。

こういうのは、苦手。困る。さっさと離れてほしい。だからといって自分から芙美花を押しのけるわけにもいかず、光希は直立不動で両手を握ったり開いたりすることしかできなかった。不様にもほどがある。

「光希君。仁が……仁が目を覚ましたの。さっき、連絡があったの」

くぐもった声で告げられて、光希はこぼれ落ちんばかりに双眸《そうぼう》を見開いた。

とたん。ドクドクと、鼓動が異様に逸った。

「マジ……で？」

変に喉に絡んだ声でつぶやくと、芙美花はようやく自分の行動を思い出したのか、慌てて光希から離れた。そして、いくぶん決まりが悪そうに言った。

「あら、あら……ごめんなさいね。つい、嬉しくて。でも、はしゃぎすぎよね？　そう……これからみんなで療養所に行くのよ」

光希はほとんど即決で口にした。

「あの、俺も……俺も行っていいですか？」

芙美花はパッと目を輝かせた。

「もちろんよ。一緒に行きましょう」

にこりと笑う顔は本当に嬉しそうだった。輝いていた。この日を十二年間も待ち続けてきたのだ。

笑顔に満ちあふれているのもよくわかる。

「ありがとうございます」

「今からタクシーを呼ぶから、仕度ができたら玄関で待ってて」

とりあえず食器をキッチンの流しに置くと、光希は奥離にスニーカーを取りに戻る。芙美花は仕度ができたらと言ったが、基本、光希の持ち物といえばバックパックひとつきりである。服も下着も洗濯用の代えがあるだけだった。いつも持ち歩いているのは携帯電話くらいなものである。

その携帯電話を取り出して、光希は拓巳へ電話した。

コール音が鳴る。

いつもは気にもならない無機質なコール音が、今はやたらと苛つく。

(なんだよ、拓巳。さっさと出ろよ)

思わず舌打ちを漏らしてしまうほどに。拓巳が光希に電話をかけるたびに同じ台詞《せりふ》を口にしていることなど知りもしない。

早く。

早く。

早く。

この吉報を少しでも早く拓巳に伝えたくて。ようやく巡ってきたこの喜びをともに分かち合いたくて。なのに、聞こえてくるのは虚しく響くコール音だけだった。

コール音が二十回を過ぎると光希はどんよりとため息をつき、すかさずメールに切り替えた。

《仁の意識が戻った。これから、御厨のおばさんたちと一緒に療養所に向かう。このメールを見たら、すぐに来い》

気が急いて、逆に、いまだに鳴り止まない拍動が妙に鬱陶《うっとう》しい。

（よかった。ホント……よかった）

十二年ぶりの、信じがたい僥倖《ぎょうこう》。一刻も早く、仁に会いたい。

長かった。……長すぎた。けれど。ついに、ようやく――生身の仁に会える。身体の芯から震えが来るような喜びで、光希の頬はいつになく火照っていた。

■　3　■

重い。

――怠い。

――濁る。

疼く。

……しぶる。

…………引き攣れる。

痛い。

――潰れる。

――苦しい。

仁は今、真っ暗な闇の中にいた。

目を開けているのか、閉じているのか。それすらもわからない。なのに、感覚だけが研ぎ澄まされていく。
＊しくしく＊
＊ひりひり＊
＊じんじん＊
♯ピリピリ♯
♯ズキズキ♯
♯キリキリ♯
☆めきめき☆
☆がんがん☆
☆ぎりぎり☆
一貫性のない痛みのパルス。

規則性もない。持続性もない。ただランダムに点滅を繰り返すシグナルのように痛みがリフレインする。ときおり、それは意味もなく乱反射しては引き攣れた。

幽体離脱してから、そういう感覚とは無縁だった。

なのに、今、このとき。この……瞬間。まるで全神経が剝《む》き出しになったまま濁流に溺《おぼ》れて、為す術もなく渦の中に呑《の》み込まれてしまいそうだった。

身動きできない。

息もできない。

暗黒の真っ只中にいるのに目が廻《まわ》る。頭の芯がグラングラン揺れている。

気持ち悪い。

えずきそうになる。

嘔吐《へど》りたくなる。

鼻の奥がじんじん痺れるように熱くなる。吐きそうなのに吐けない胸くそ悪さで、捻《ねじ》れた内臓が裏返りそうになる。

恐ろしくて。ただもう怖くて。身も心もガリガリ削り取られてペチャンコに押し潰されてしまいそうだった。

じゃりじゃり………。

　ガリガリ……。

　　ぎしぎし……。

もう、なんの音だかもわからない。

きいきい……。

　バリバリ……。

　　みしりみしり………。

痛みで逆に感覚が麻痺《まひ》していく。

漆黒の渦に巻かれて全身が千切れてしまいそうだから？

――違う。

怖いのは。本当に恐ろしいのは。身じろぎもできずに底の見えないコールタールのような海で溺れてしまうことではない。仁が恐怖するのは、血まみれになった拓巳が死にかけていることだ。

身体中のどこもかしこもバキバキと音を立てて肉も骨も引きちぎられてしまいそうなのに、今自分がどこにいるのかもわからないのに、そんな痛みよりも何よりも仁は心底恐怖した。

(助けて)

……誰か。

(助けてッ)

……タッくんが死んじゃう。

(お願いッ！)

……誰かタッくんを助けてよぉ～～～ッ！

仁は絶叫する。意識が混濁したまま、声なき悲鳴を上げる。

仁は呼ぶ。

(光希)

仁は叫ぶ。

(光希ッ)

仁はひたすら連呼する。

(光希～～～ッ！)

自分の声を聞き届けてくれる唯一の存在《名前》を。

療養所。

仁の部屋。

主治医の電話ですぐさま駆けつけてきた御厨の家族は、ドアの前で固まっていた。

（え……？）

母親《芙美花》は小さく息を呑み。

（――ッ！）

父親《宗一郎》は大きく目を瞠《みは》り。

（なんなのよ？）

妹《愛美》はひっそりと眉をひそめた。

仁の意識が戻ったと聞いて狂喜乱舞も同然にやってきたのに、眼前の様子は彼らが期待していたものとはまったく違った。

普段の仁はたくさんの医療器具に囲まれてはいたが、寝息は穏やかでモニターの波形も規則正しかった。だが、目の前の仁は蒼白な顔を歪めて苦しげに呻いている。以前発作を起こしたときよりもはるかに悪化しているのではないかと思えるほどに。

そんな仁を見守る医師たちの緊張感が半端なかった。モニターの波形も激しく上下していて、いつもはしていない酸素マスクらしきものも付けていた。

聞いていない。

何も知らされていない。

――こういうことなんて。

いったいぜんたい、どういうこと？

誰か……。誰でもいいから、この状況をきちんと説明してほしい。

言いたいことは山ほどあったが、言葉にならなかった。御厨一家はただ呆然と突っ立っていることしかできなかった。

一方、光希は。彼らとともに療養所にやってきたことを激しく後悔している真っ最中であった。

亜魅《あび》の加護の範疇《はんちゅう》である御厨家を離れた瞬間、ズキズキ、ガンガン、キリキリ、こめかみをアイスピックで殴りつけられるような偏頭痛に襲われた。

（くそ……くそッ……くっそーッ）

奥歯を食いしばり、前のめりに頭を抱え込んで耐える。

そんな光希を見て同じ後部座席に座っていた愛美がギョッとしたように身を竦《すく》め、療養所に着くまで窓側にへばりついていたことなど光希は気付きもしなかった。

このところ奥離での完全隔離生活にどっぷり浸かったままだったせいで、光希は度忘れしていたのだ。外界が不快な雑音に支配されていることを。だが、今更引き返すという選択はなかった。

ようやく、幽体離脱を脱した生身の仁に会えるのだ。それは、光希の中では最優先されるべきことだった。

そんな光希の決意も我慢も、療養所に着くやいなやベキリとへし折れた。

木々の緑に囲まれ清潔感と開放感に満ちあふれた造りになっているそこは、見かけとは真逆の喧噪に包まれていたからだ。

普段の様子がどんなだか、光希は知らない。だが、タクシーを降りたとたん、まるで津波のような雑音が押し寄せてきた。

思わず足が竦んだ。顔面が強ばりついて、一瞬、息が止まった。

ギチギチギチギチギチ…………。頭の芯に金属音が絡みつく。幻聴なのに、リアルに錆《さ》びた鉄の臭いがした。

ブ〜ン、ブ〜ン、ブ〜ン、ブ〜ン…………。耳たぶを舐《な》めるようにうるさく羽音がまとわりついてくる。無駄だと知りながらも、思わず手で振り払ってしまいたくなるほどだった。

かさかさかさかさかさかさかさ…………。見えない壁を、足下を、透明なゴキブリが集団で這《は》い回っている。鳥肌……だった。

不快で、耳障りで、生理的嫌悪を掻き立てる——ノイズ。

安穏だった奥離での生活の反動は凄《すさ》まじかった。酸っぱいものが次から次に込み上げてきて、えずきそうになった。

(うるせー……うるせー……うるせーっつーんだよッ!)

奥歯を噛み締め、下腹に力を込め、ひとつ大きく息を吸い、反動を付けて罵声《ばせい》とともに思いっきり吐き出した。

(散りやがれぇぇぇぇッ!)

拓巳直伝の呼吸法である。

拓巳の場合は『消えろ』『失せろ』『消滅しろ』三段階の念を込めて、更に瞼の裏に鋼鉄のシャッターを下ろすらしい。あくまでもイメージ、だが。それだけ頑丈な枷《かせ》を付けても気を抜くとまたウジャウジャと湧いて出るのが拓巳の幻視だとすれば、常にスイッチが開きっぱなしの光希の場合は増殖を繰り返すガン細胞のようなものだろう。

とりあえずの付け焼き刃では即効性があるとは言えない。

それでも。一時の気休めでもよかった。ようやく仁に会えるのだ。それを不快な噪音に邪魔されたくなかった。

直後。明らかな変異があった。腹の底からの一喝で耳障りなノイズのすべては蹴散らせなかったが、その中で、ひときわ強く光希を呼ぶ『聲《こえ》』がしたのだ。

耳慣れない、なのに無視できない、強い脈動《パルス》。

(これって……仁か？)

聞こえてくるのは『音』というよりは『念』に近い。幽体離脱中の仁の声にはある種の清涼感があったが、これは違う。

ひどく生々しかった。いつものすがすがしさとは違って、むしろ毒々しいくらいに。

通常、ノイズは胸くそが悪くなるほど攻撃的であったが無機質だった。なのに、それはねっとりと絡みつくような潤みがあった。重さがあった。ひどく、違和感があった。

呼ばれている。

無視できない。

断ち切れない。

心臓に直接ズシリとくるような、抗《あらが》いがたい……何か。

仁の病室が近付くにつれて強くなる。雑多なノイズとは別口で光希の頭の芯を鷲摑《わしづか》みにするかのように。

(……仁？)

あたりをグルリと見回して呼びかけても確かな応《いら》えはない。だが。『聲』のパルスは鳴り止まなかった。

そのままゆっくりと歩いて。ついに、光希は初めて成人した仁と対面した。

ベッドにいるのは痩せ衰えた仁の姿。この十二年間、陰や日向になり、真摯に、ときには冗談まじりの叱咤《しった》激励をして光希を支え続けてくれた仁とは大きくかけ離れていた。その姿に、光希は軽い衝撃を受けた。

惨劇の事故以来、ずっと昏睡状態にあるのだから衰弱していて当然。そんな当たり前のことに思い至らなかった。そのことを今更のように思い知らされて。

(俺って、ホント、自己チューもいいとこ)

わずかに唇を歪めた。

それでも、光希は目を逸《そ》らさなかった。幽体離脱していた仁がついに意識を取り戻したのだ。それは、絶望の中で見えた一筋の光明だった。自省も自嘲も、とりあえずは後回しでいい。

仁の両親がベッドを挟んでそれぞれ仁の手を強く握りしめている。

「仁、頑張れ」

「仁、目を開けて」

「大丈夫だから」

「みんな待っているのよ？」

「戻ってこい」

「お願い」

両親はしきりに声をかける。それが、今の今、親としてできる最大限の助力であるかのように。祈りを込めて。願いを込めて。愛情を込めて。

そんな中、一人あぶれた感が否めない愛美は母親の肩越しにじっと仁を見つめている。少しばかり顔が強ばりついているのは、やはり、仁の様子が予想とは違っていたからだろう。

光希はそっと仁の足下に立った。

「……仁。俺を呼んだか？」

低く、光希が問いかけると。愛美が弾かれたように振り返った。

ちょっと、何を言ってるのよ？

——と言わんばかりにキリキリと眉を吊り上げて光希を睨《にら》む。

そういうの、やめてくれる？

ホント、バッカじゃないの。

非常識にもほどがあるでしょうがッ。

少しは空気を読みなさいよッ。

罵倒まじりの声が聞こえた。幻聴と言われれば、そうかもしれないが。光希を睨み据える愛美の目は、それ以上に雄弁だった。

「仁ッ」

再度、光希が名前を呼ぶと。それに反応するかのように、突然、苦しげに呻いていた仁が弓なりに身体を反らせて声なき声を放った。

その叫びは家族には聞こえなかったが、光希にははっきり聞こえた。

——うわぁぁぁぁッ！

それは、悲鳴じみた絶叫だった。まるで、幽体離脱していた仁の魂魄《こんぱく》が生身の身体に定着した証《産声》であるかのように。

刹那《せつな》。光希の頭の芯を締めつけていた『聲』がいきなり消失した。

ついでに、プツッと音を立てて病室のモニターが一斉にダウンした。

いったい、何事？

こんなことって、あり得ない。

……あり得ない。

…………あり得ない。

御厨一家も、待機していた医師たちも、突然の成り行きに愕然《がくぜん》と目を見開いている。言葉もない。身じろぎもしない。ただ呆然と顔色を失って。

思うさま反り返った仁の身体がゆったりと撓《たわ》むようにベッドに戻ると、仁の双眸がけだるげに開かれた。

「仁」

「仁ッ」

「お兄ちゃん」

三者三様に家族が驚喜する。先ほどのあれがなんであれ、十二年間一度も開かれることのなかった仁の双眸が開かれたのだ。それに勝る事実など存在しない。

けれど、けだるげにもたげた仁の目は家族の誰をも見ていなかった。父親が、母親が、妹が、涙ながらに声をかけても無反応だった。

意識が混濁している。確かに、それもあるだろう。それが証拠に、仁の目の焦点はまったく合っていなかった。

その目は何かを、誰かを探しているかのようにフラフラと泳ぎ。その視線はゆらゆらと宙を彷徨《さまよ》っていた。

「仁君？　仁君？　わかる？　聞こえる？　この光が見える？」

医師が仁の顔を覗き込んで声をかけ、ペンライトで仁の瞳孔《どうこう》をチェックする。

「大丈夫。大丈夫だからね」

病室内がいきなり慌ただしくなった。看護師たちはダウンしてしまったモニターを点検するのに忙しく、頭を捻《ひね》りながらヒソヒソと言葉を交わしていた。

そんな中、ゆっくりと光希がベッド脇に歩み寄った。

「……仁」

呼びかけると、ヒクリと、仁の虹彩が引き攣れた。そして、ようやく目当てのものを探し当てたとばかりに仁の目の焦点がひとつに縒《よ》られていく。

その目にうっすらと生気が宿る。

光希はしっかりと、その目を見返した。

（こう……き？）

ぎこちない口パクであった。

いや……唇がわずかにわなないただけ。だが、光希にはそれで充分だった。思わず、涙が出そうになった。

「俺を呼んだだろ？」

仁は肯定するかのように目で応えた。

——次の瞬間。

（タッ…くんが……刺され、た）

いきなり後頭部を蹴りつけられたような衝撃が光希を襲った。

「いつ？　どこでッ？」

母親を押しのけるようにガバリと身を乗り出して目と鼻の先にある仁の目を凝視した。掠れた仁のつぶやきを一言も聞きのがすまいと。

御厨の家族は再び絶句した。先ほどからの光希の奇行にまったくついていけなくて。

（さっき……。タッくん……アパート。助けて……光希。タッくん……死…んじゃう。光希……助け、てッ）

光希は鬼の形相で、脱兎《だっと》のごとく部屋を飛び出していった。

（なんなのよ、あれ……）

愛美は唖然《あぜん》と光希の背中を見送った。

何がなんだか……さっぱりわけがわからない。スッキリしないからもどかしい……のではなく、単純に気持ち悪かった。光希の言動が理解の範疇外にあることが。

みぞおちにどんよりとしたモノが溜まって淀んでいるような感じ。以前は、奥離で我が物顔で居座っている非常識と厚顔ぶりが腹立たしくて。ただ苛ついて、ムカついて、奥歯がギリギリ軋《きし》るだけだったが、今夜はただただ薄気味悪かった。

光希に一般常識は通用しない。知っていたつもりだったが、今回はその遥か斜め上を突き抜けていた。

思い返してみれば、すでにタクシーの中からおかしかった。目深に被ったパーカーのフードでその表情まではよくわからなかったが、呻いて……いやグルグルと唸《うな》っていた。

それがまるでケダモノじみていて、なんだか、すごく気味が悪かった。

(やだ、やだ、やだ。ちょっと、やめてよ、もぉ……)

逃げ場のない後部座席の狭い空間に光希と二人でいることが耐えられなかった。少しでも光希から距離を取ろうとして、愛美は療養所に着くまでひたすらドアにへばりついて真っ暗なだけの外ばかり見ていた。

タクシーを降りてようやく解放されたと思っていたら、あれである。

誰が見てもキモイだけのワンマンショー。偶然居合わせた療養所のスタッフも呆《あき》れ顔を通り越して絶句状態だった。

両親もこれで懲りただろう。いや、いいかげんに目を覚ましてほしい。

昏睡から目を覚ました仁の状態が安定したら、もう二度と、拓巳と光希の嘘も通用しなくなる。それが怖くなって、光希は最後にあんな見え透いた一人パフォーマンスで家族の前から逃げ出したに違いない。

(ほんと、サイテー)

そんなふうに決めつけて、どんよりした胸の閊《つか》えを思いっきり吐き出した愛美は視線をゆっくりと戻した。

■ 4 ■

蓮池《はすいけ》市。

海棠家。

ようやく雨が上がった午後十一時前。

ダイニングのいつもの定位置に座って、瑠璃《るり》は苛々しながら翔太《しょうた》の帰りを待っていた。手元には携帯電話。何回電話をしてもまったく繋がらない。どうしてだか知らないが、電源を切っているらしい。

こんなことは今まで一度もなかった。なんの部活もやっていない翔太はたいがい瑠璃よりも早く家に帰り着いている。たまに寄り道をすることはあっても、この時間帯までメールのひとつも寄越さないなんてことはない。

まったくもって、いつもの翔太らしくない。

なんだろう……。嫌な気分。双子だからなんでもわかるというわけではないが、気持ちのささくれ具合が半端ではなかった。

(何よ、もう。こんな時間までどこをほっつき歩いてるのよ?)

イライラも限界MAXである。

そのとき、瑠璃の携帯のコール音が鳴った。着信表示は『翔太』。しっかり確認して通話をONにするなり、瑠璃は怒鳴った。

「翔太ッ。あんた、今、どこ? 大変なのよ、さっき……」

口早にまくし立てる瑠璃を遮るように、翔太はボソリと告げた。

『どうしよう、瑠璃ちゃん。僕……僕……あいつ、刺しちゃった』

ギョッとして、瑠璃は思わず携帯電話を落としそうになった。

先ほどまでのイライラがドクドクと異様に逸る心音にすり替わった。いつもならばブラックジョークで済ませられるだろうが、今は、さすがに笑えない。

先ほど、警察から連絡があったばかりだ。アパートの自室で兄《拓巳》が刺されて救急病院に搬送されたと。

そのとき、瑠璃は驚きよりも先に。

「死んだの?」

つい本音が駄々漏れて。

「やめなさいッ、瑠璃。こんなときに縁起でもないことを言わないでッ」

母親にこっぴどく叱られた。

驚いた。まさか、母親があんなに真剣に怒るとは思わなかったからだ。瑠璃が半ば呆気《あっけ》に取られていると。

「だって……お兄ちゃんじゃないの。お願いだから、そんなこと……言わないで」

母親はぎこちなく視線を逸らせた。

海棠家にとっては疫病神も同然の兄でも、母親にしてみれば、結局のところ息子は息子……だったりするのかもしれない。

もしかして、家族の平穏のために兄を家から追い出したことを後悔しているとか？

今になって？

……そうなの？

誰かに殺されそうになったから？

……責任を感じちゃってるわけ？

親としての？

……それって今更じゃないの？

両親は厄介者の兄よりも自分たちを選んでくれた。そう思っていた。瑠璃と翔太は拓巳と縁切りができていっそ清々したが、母親は違うのだろうか。

(お母さんはあたしたちの味方じゃないの？)

そのとき、初めて、瑠璃は母親に対して不信感が芽生えた。

兄を排除することで家族は崩壊することを免れた。和田家のような悲惨な結果にならなかったことで、よりいっそう家族の絆が深まった。そう思っていたのは瑠璃の勘違いなのだろうか。

両親は車ですぐに病院に向かった。

瑠璃は同行しなかった。行きたくなかったからだ。

先ほどのことで、ただ意固地になっているわけではなかった。この期に及んで兄の顔など見たくもなかったからだ。

あれは、もう兄ではない。災厄を撒き散らすだけの疫病神だ。

兄は……自分たちの自慢だった兄は、もう死んだ。あいつのせいで虐《いじ》められて生き地獄を味わったときに、心の中で抹殺してしまった。そうしなければ、自分たちはとっくの昔に壊れてしまっていただろう。

自分たちの兄は死んだ。

なのに、いまだに『海棠拓巳』の呪縛は解けない。その名前が取り沙汰されるたびに、禍が降りかかってくる。瑠璃たちの……海棠家のささやかな平穏のために、拓巳には本当に死んでほしい。心の底から願っている。罪悪感などこれっぽっちもなかった。

このまま家で翔太の帰りを待つと言うと、両親は無理強いをしなかった。母親はただ悲しげに目を伏せただけだった。

(なによ。今更じゃない)

無言で詰《なじ》られたような気がして、瑠璃は不機嫌に居直った。

(いっそこのまま死んでくれたほうがスッキリするわよ)

間違いなく。今、世間を騒がせているもろもろの問題もきっちりカタがついて、皆が安心するに違いない。

誰が拓巳を刺したのかは知らないが、どうせ遺族会の誰かの仕業だろうと思っていた。

十三回忌の慰霊祭で彼らは大いにメンツを潰された。相も変わらず被害者意識を振りかざして暴言を吐きまくっていたのを、マスコミに『ヒステリックなリンチ集団』と決めつけられてブログは大炎上し、世間から猛烈なバッシングを受けた。

……ざまぁみろ。

瑠璃は内心で唾棄《だき》した。海棠家ばかりを目の敵にする遺族会の連中が虫酸《むしず》が走るほど大嫌いだったからだ。

もっと、じゃんじゃんマスコミに叩かれて、テレビでもネットでもあることないこと言われて全国区で恥を曝《さら》せばいいのに。本音でそう思った。自分たちを悪辣《あくらつ》非道な家族呼ばわりをしたマスコミを瑠璃は嫌悪しているが、他人の不幸は蜜の味であることに変わりはなかった。

今まで、地元では海棠家がピラミッドの底辺だった。今回のことでさんざん瑠璃たちを見下していた連中が同じ底辺まで落ちてくるのかと思ったら、どす黒い喜びすら感じた。

十三回忌の法要からこっち、そういう流れがあったから、拓巳を心底恨んでいた遺族会の誰かがついにプッツンしたのだろうと思っていた。

まさか——翔太だとは思いもしなかった。

『……どうしよう』

不安げに翔太がつぶやいた。

「あんた、今どこ？」

『城見《しろみ》公園』

「じゃあ、そこで待ってて。今、行くから」

言うなり通話をOFFにして、瑠璃は家を出た。翔太の共犯者になるために。

(あんな奴、死んで当然なんだから。あいつのせいで、あたしたちの人生はメチャクチャになったんだから。みんな……あいつが悪いのよ。あんな奴のために翔太を犯罪者なんかにしたりしない)

その決意とともに。

■ 5 ■

拓巳が刺された、その夜。

日向朱至《ひむかいあかし》は、不本意ながらも現場でみっちり事情聴取をされていた。事件の唯一の目撃者であり通報者でもあるからだ。

朱至の仕事は拓巳の監視である。

基本、監視対象者に直接接触することはない。だが、この場合は不可抗力である。朱至としても、まさか、こんなことになるとは……まったくの想定外であった。

(…ったく、めんどくせーな)

内心ぼやきまくりだが、関わってしまったからにはしょうがない。後始末はきちんとしておくべきだろう。

自分で言うのも、なんだが。第一発見者がいかにもチャラい格好をした男ともなれば、警察が疑うのもある意味当然かもしれない。

一応、朱至は偶然通りかかって事件を目撃した善意の通報者である。だから、ありのままを話した。自販機でコーヒーを買おうと思って車の外に出たら、青葉荘《あおば》の階段から不審な男が慌てた様子で駆け下りてきて、走り去っていった。それでなんだかものすごく気になって二階に上がってみたら、被害者が血を流して倒れていた——と。顔はパーカーのフードを目深に被っていたからわからない、とも。

言ったことのすべてが真実ではないが、まるっきりの嘘ではないので朱至の口調に淀みはなかった。むしろ、淡々としすぎていたかもしれない。人が刺されて死にかけていたのだから、もっとしどろもどろの興奮状態を装ったほうがリアルだっただろうか？　今更そんなふうに思ったところで、すでに手遅れだが。

はっきり言って、朱至にそういった類の演技はできない。求められても……無理。かえって挙動不審になってしまうだけだろう。

目撃者というだけでも微妙な立場なのに、これ以上変に悪目立ちするのだけは避けたい。本気で思う朱至であった。

事件が殺人未遂ということもあり、警察はなかなか朱至を解放してはくれなかった。初動捜査でミスをしたら目も当てられない。そうなったら、マスコミの餌食であるのは衆知の事実である。

しかも、被害者が今現在大スキャンダル騒動の真っ只中にいる海棠拓巳である。マスコミの食いつき方はピラニア並みだろう。今までの報道経過を見れば一目瞭然《いちもくりょうぜん》であった。マスコミが嗅《か》ぎつけてくる前に、唯一の目撃者である朱至からはもっと情報を引き出したいと思っているのは丸わかりであった。

「それで？　こんな時間、それも雨の中、ここで、いったい君は何をしていたのかね？」

まるで、不審者はおまえだ——と言わんばかりの口調だった。

「あそこの角に車を止めて寝てました」

愛車を指さす。

「なぜ？」

「ちょっと仕事が立て込んで睡眠不足だったもんで。この近くまで来るとどうにも眠くなって。さすがにこのままじゃマズイかなって。居眠り運転で事故ったりしたらヤバイでしょ？　なんで、ちょっとあそこで仮眠を取ってたんですよ。ここは抜け道にもなっていないんで、一眠りするにはちょうどいいかなって」

このあたりに防犯カメラはない。確認済みである。だが、かなりの時間車を止めていたので、もしかしたら、周囲の住民の誰かが朱至の車を不審視していないとも言えない。車はありふれた国産の自動車だが、不要な疑惑の芽は潰しておきたい。

それから、あれやこれや、警察官のねちっこい質問にも淡々と答えたあと、名前と住所と勤務先を聞かれてようやく解放された。

（あーあ、とんだ厄日だよな）

車に戻るなり、朱至はどんよりとため息をついた。ふと車外に目をやると、立ち入り禁止の黄色いテープの向こうにはけっこうな野次馬に混じってテレビ局の中継車も集まっていた。

（とりあえず、報告しとくか。どうせ、このことは今夜のニュースに流れて明日になれば大騒ぎになるのは間違いなさそうだし）

拓巳は今や『時の人』である。よくも、悪くも。本人にとっては不本意の極みかもしれないが、そんな拓巳が刺されたともなれば、それはもう衝撃的なニュースになるのは間違いなかった。

マスコミが大喜びしそうな特ダネである。

また、あることないことを書かれてしまうだろう拓巳にすればたまったものではないだろうが、朱至だって暢気《のんき》に構えていられるわけではない。なんたって、事件の唯一の目撃者である。

朱至は善意の通報者であって、テレビに出て名前を売りたいわけではない。顔出しも名前出しもしたくない。マスコミの前に引きずり出されてインタビューなどまっぴらゴメンである。

（あー……憂鬱《ゆううつ》）

言ってみれば、それに尽きた。

マスコミにしつこく追い回されても、遺族会に激昂《げっこう》されても、一言の弁明も自己主張もせずにひたすら沈黙を守り続ける。たいがい意固地だな……と同情めいた気にはなるが、朱至的にはむしろ拓巳が刺されたことよりも、その犯人が誰であるかよりも、あのときに感じた奇妙な衝撃波のようなもののほうがよほど気になった。

アロハシャツのポケットからスマートフォンを取り出し、朱至はコールした。

上司である葛原《くずはら》とは、三コール目ですぐに繋がった。豺狼衆《さいろうしゅう》のトップともなればそれなりに多忙でこの時間帯に暇を持て余していたわけではないだろうから、ピンポイントのタイミング的にはバッチりだったのかもしれない。

『……はい』

端的に一言。朱至相手にわざわざ名乗る必要もないと思っているのかもしれない。

「日向です」

『何かあったか？』

毎日きちんと定時連絡を入れろと言われているわけではない。拓巳の仕事がイラストレーターという超インドアなのだから、その行動範囲も推して知るべしである。何か異変があったら報告しろと命じられているだけで、その判断基準も朱至の裁量である。

使えるか、使えないか。それを試されているような気分にさせられるのも、ただの錯覚ではなさそうだ。

拓巳が、葛原の言うところの『速贄《はやにえ》』なる要注意人物であることは理解したが、そのわりには監視体制がずいぶんと緩い。

なんだか、言ってることとやっていることに矛盾があるように思えてならなかった。まぁ、豺狼衆幹部の思惑など朱至のような末端が知る必要もないのだが。無駄に出る釘は打たれる——のたとえもあることではあるし、朱至としては命じられたことを粛々とこなすだけである。

カテゴリーで成り上がりたいという野望もなければ、なれるとも思っていない。純血種という絶対的なトップが君臨するヒエラルキーでは下克上などあり得ないからだ。

今の時代。嚙み殺す、殴り殺す、蹴り殺す……本能の命じるままに殺戮《さつりく》するという野蛮な力の論理はすでに過去のものになってしまったが、圧倒的な能力差が已然として畏怖の対象であることに変わりはない。時代は変わっても、不変の不文律はある。

「海棠拓巳が刺されて病院に担ぎ込まれました」

耳元で、一瞬の沈黙があった。

「ちなみに、通報したのは俺です。警察からみっちり事情聴取されて、今しがた解放されたところです」

次いで、ため息が聞こえた。

よけいなことをしたと呆れているのか、それとも面倒なことになったと苦々しく思っているのか。

なんにせよ、よくやった……と褒められてはいないことだけは確かだった。なので、言うべきことはきちんと言っておく。

「彼を監視していたことはたぶんバレてはいないと思いますが、もしかしたら、警察から俺の身元確認の電話がないとも限りませんので、そこらへんはよろしくお願いします。一応、俺はゲーム会社『ゼノン』の派遣社員という設定ですので」

口からデマカセの幽霊会社《ダミー》ではない。財狼衆が実際に所有している持ち株会社のひとつで、相応の収益を上げている。

財狼としての能力は低いが、人間社会での適応率は末端の者ほど高い。変なプライドと偏見がない分、順応しやすいのかもしれない。実に皮肉なことではあるが、今や、そうした者が財狼衆の基盤《財源》を支えていると言っても過言ではなかった。

もちろん、朱至は一度も出社したことはないが、朱至が人材派遣という『なんでも屋』に所属している会社員であるのは事実だ。

人間社会で生きて行くにはなんらかの肩書きが必要である。同族意識はもちろんのことだが、きちんとした生活基盤がなければ落ちこぼれてクズ同然になってしまうだけだからだ。

財狼衆の身内意識は強い。人間社会で面倒なトラブルに巻き込まれても、テリトリー内にいる限りたいがいはなんとかなる。当然それなりの罰則はあるが、本当に怖いのは身内ルールを破ってそこから弾き出されてしまうことだ。そうなれば、いろいろな意味で死亡フラグが立つのはほぼ決定であった。

『――わかった。善処する』

朱至的には確約が取れればそれでいい。もしものときには、葛原が上手く帳尻を合わせてくれるはずだ。

「それで、そのとき、奇妙な衝撃波もどきのようなものを感じました」

『どんな?』

少し、トーンに色が付いた。これがキーポイントであるのかもしれない。

「たとえば……そうですね。あえて言うなら、ある種の風圧のような……ですかね。一瞬だったので、もどきとしか言えません」

応えは、またしても沈黙である。今度は深々と思考するかのような。葛原の疑念がどこにあるのかはわからないが、それは朱至のような下っ端には関わりのないことである。

「ということで、俺はもうお役御免ってことですよね?」

『――ご苦労だった』

労《ねぎら》いというには素っ気ない一言であった。とにかく、朱至としてもこういう結末は予想もしていなかったが、これで監視という名のお守りからは解放された。

（まっ、これで俺的には一件落着……だよな）

通話を終了して、朱至は深々とシートにもたれた。明日からは、少しばかり自堕落な自分に戻れそうな気がした。

■　6　■

手術は成功したのに、五日経っても拓巳の意識は戻らなかった。

（それって、おかしいだろ？）

時間だけが無為に過ぎていく。

まさか拓巳までもが幽体離脱状態になってしまったのではないかと、光希は不安で不安でしょうがない。

仁が現実に戻ってきた代わりに、拓巳が飛ばされてしまった？

そんなバカな……とは思うが、あり得ないことではない。十二年前のバス事故以来、自分たちを取り巻く状況も常識も……何もかもが大きく様変わりをしてしまった。

何が最善で、どれが最悪なのか。平常なのか、異端なのか。光希にはその境界線すらもわからない。

だったら、この際なんでもありのような気がした。

運命に翻弄されている――なんて、まるで創作世界の常套句《じょうとうく》で、そんな波瀾万丈な人生などこれっぽっちも望んでいないが、あの日から自分たちにはあるがままを受け入れることしかできない。それがどんなに悲惨なことであっても、だ。今更、他人に理解されたいとも思わない。

変わらないのは、光希にとっての最優先事項だけだ。拓巳と仁が何よりも大事。二人がいなければ生きている価値もない。それは幻惑でも妄想でもなく、限りなくリアルな現実だった。

光希にとって御厨家の奥離を出るのは苦痛でしかない。雑多なノイズから解放される聖域にずっと引きこもっていたい。それが偽りのない本音である。

病院はもっと嫌いだった。耳慣れた雑音とは別口の音波がそこら中でうじゃうじゃと蠢《うごめ》いているからだ。もともといいとは言えない気分がますます悪くなる。

聞こえる。

感じる。

浸《し》みる。

なんだか、自分を取り巻くもろもろのセンサーが以前より鋭敏になったような気がしてならない。ノイズにも生態がある。あり得ないことに。ひどくバカバカしい冗談のようだが、光希はそれを感じる。

はっきりと実感したのは奥離を出てからだ。奥離に来る前と、その後。もっと正確に言えば、あの夜、仁のいる療養所に行ったとき。そして決定的だったのが、拓巳のアパートから戻ってきてからだ。

単なる錯覚ではなく、その違いは明白だった。

相変わらず光希を取り巻くノイズは雑多だったが、なぜか、不快指数が少しだけダウンした。混線だらけだったアンテナにチューニングダイヤルが賦与《ふよ》されたとでも言えばいいのか。脳神経をガリガリ削り取るだけの雑音の生態がなんとなく選別できるようになった。……ような気がした。

たとえば、ただの耳障りな噪音に過ぎなかったものがダイヤルを切り替えると風鈴の音色に変化した、みたいな。

もちろん、すべてのノイズに対応できているわけではないが、今まで気がつかなかっただけで、ただの雑音にもそれなりの意味があるのではないか。ふと、そう思えた。

——なぜ？

わからない。

——が。

なんだか、不意に目からウロコがポロポロ剝《は》がれ落ちたような気がした。

これまでは。脳味噌を引っかき回されるだけの幻聴に翻弄されるだけでそんなことを考えたことも、そんな余裕もなかった。理不尽な責め苦にただ泣き寝入りをするしかなかった。

けれど。

ふと、疑問が生まれた。

(もしかして、そうなのか？)

考えてもしょうがないからあるがままを無理やり受け入れるだけ。そんな投げやりにならずに済むのか？

それを思うと、なんだか変にドキドキしてきた。

発想の転換？

言うだけなら、簡単。だが、やってみる価値はあるのかもしれない。

無駄な努力などない。それがただの綺麗事《きれいごと》にすぎないことを、光希はよく知っている。いや……身に染みついていると言ってもいい。どうやったって、不快なノイズとは縁が切れないからだ。だったら、ノイズに支配されるのではなくその生態を理解すればいいのではないか。ふと、そんなふうに思えた。

学校には通っていたが学習内容などまるで理解できず、テストも毎回白紙解答の零点確実。ぶっちゃけ、小学校も中学校もただ座っていただけで卒業できたようなものだ。

そのまま不登校で人生からドロップアウトしてもおかしくない状況だった。それで、どうして毎日登校し続けていたかと言えば、拓巳がいたからだ。

登下校には必ず拓巳が一緒だった。ノイズに頭の中を引っかき回されても、拓巳がいればなんとか我慢することができた。だから、だ。それも和田家が崩壊して児童福祉施設に行くまでだったが。

そんな学識も何もない自分に、リアルな幻聴という未知の領域を理解できるかどうかもわからないが。たとえそれでどちらに転んだとしても、今までが最悪だったのだからマイナス因子がひとつ増えたところで同じことだろう。

別に、シャカリキになる必要もない。なれるとも思えない。要は、やる気があるかどうか。それだけのことだ。

（……いいんじゃね？）

ボソリと漏らす光希であった。目的は、ないよりもあったほうがいい。それがどんなにささやかなことであっても。そう思えるようになったことが、一番の進歩だったりするのかもしれない。

外に出れば、天敵《ノイズ》の乱反射が待っている。以前は為す術もなかったが、今は少しだけマシ。雑魚はそれなりにスルーする裏技を覚えたからだ。居心地のいい奥離に引きこもっているだけでは気がつかなかったことである。

光希は毎日、拓巳が入院をしている病院を訪れる。拓巳の様子が気になって来ずにはいられない。いまだに意識が戻らない拓巳の手をギュッと握りしめる。かつて、拓巳が自分にしてくれたように。握りしめる手と手。

絡み合う指と指。

そこには、確かな絆があった。信頼があった。二人の間には、それだけで通じ合えるものが確実にあった。

(戻ってこい、拓巳。話したいことが山ほどあるんだから)

今の今、そんなことをしても気休めにしかならない。……かもしれないが、そうせずにはいられなかった。

そして、その後は。仁がいる療養所に向かった。

いつもタクシーで病院と療養所と御厨家を往復するにはよけいな金がかかるから、今度からレンタルバイクにでもしようかなと思っている。砂埜《さの》のコネを使えばそんなに難しいことではないだろう。だが、その理由を根掘り葉掘り聞かれるのはあまり嬉しくない。思案のしどころであった。

昏睡から覚めても衰弱が激しい仁は、三日間、面会謝絶になっていた。一昨日ようやく主治医の許可が出て、御厨の両親は朝方早々と出かけていった。今日も、芙美花は来ているはずだ。

午後、光希が仁の病室にやってきたときには芙美花はいなかった。入れ違いになったのかもしれない。少しだけホッとした。仁とじっくり話をするには、家族の前ではいろいろと差し障りがあるからだ。いろいろと、やらかしてしまったことではあるし。

初めて仁の病室にやってきたときの光希の不可解な言動の意味を、彼らは知りたがっていた。あのあとすぐに、伝えるべきことを伝えて精根尽き果ててしまったように仁が面会謝絶になってしまったので無理もないが。

知りたい。

聞きたい。

仁と光希の間でいったい何が起こっていたのか。光希の口からはっきりと。

このまま、有耶無耶《うやむや》にはできない。

なかったことになどできない。

自分たち家族はそれを知る権利があるはずだ。そんなふうに、彼らは三者三様の思いを抱えて光希の帰りをジリジリと待ち構えていた。

しかし。深夜のニュースで拓巳が刺されたことが流れると、さすがに彼らも思うところがあったのか、それっきり口を噤《つぐ》んでしまった。

たぶん、御厨家に戻ってきた光希が殺気じみたオーラを垂れ流しているのを目の当たりにして、すっかりビビリ上がってしまったのだろう。

あれは確かにマズかった。

本性が駄々漏れだった。自覚がある分、素直に光希は自省する。

だが、あのときの衝撃が筆舌に尽くしがたいものがあったのも事実だ。

仁に拓巳が刺されたと聞いてテンパったままタクシーを飛ばして青葉荘に駆けつけたときには、周囲は警察とマスコミと野次馬でごった返していた。

「いったい、何があったんでしょうね」

タクシーの運転手も興味津々だった。

無言のまま急いでタクシーを降りても、何重にも人垣ができていてアパートには近付くこともできなかった。

何がどうなっているのかもわからない。せめて拓巳が無事なのかどうか、それだけでも知りたかったが、目深に被ったフード越しですら雑音がひどくて、人垣《バリケード》に突っ込んでいく気にもなれなかった。

苛ついた。

焦った。

何もできずにただ突っ立っているしかない不様な自分が心底情けなかった。

そんなとき。

突然。

渦を巻いて飛び交う噪音が、なぜか、光希めがけて一斉に特攻してきた。逃げることも避けることもできず、なだれ込むノイズが乱反射して頭の芯が灼けついた。

（ぐっ…はッ）

光希は思わずしゃがみ込んだ。立っていられなかった。しゃがみ込んでさえ膝《ひざ》がガクガク震えた。

マズイ、マズイ、マズイ。

ヤバイ、ヤバイ、ヤバイ。

マジで——死ぬ。

くそマズイ。

くそヤバイ。

死ぬ、死ぬ、死ぬ…………。

それは、療養所で感じた圧迫感の比ではなかった。よろめく足を必死に踏ん張って立ち上がると、光希は息も絶え絶えにその場から逃げ出したのだった。

そこからの記憶はひどく曖昧だった。気がつくと、どこかの路地裏で壁を背に膝を抱えて座り込んでいた。たぶん、そこが、光希にとっての安全地帯だったに違いない。

久々にやってしまった感がハンパなかった。

ここまで酷《ひど》いのは、本当に数年ぶりだった。

頭の芯がようやく冷えて、のろのろと身体を起こし、別にどこも怪我《けが》などしていないことを確かめてから帰路についたのだった。

それからは自己嫌悪の嵐だった。加えて、拓巳を刺した犯人に対する猛烈な殺意が込み上げてきて止まらなくなった。奥離に戻ってきてからも、自虐と憤怒と殺意の突風が吹き荒れて心臓が鳴り止まなかった。

そんな自分に恐れをなしてしまっただろう御厨の家族には申し訳なく思う。ただでさえ凶暴なイメージがこびりついているのに、それを払拭できないまま更に上塗りをしてしまった。

一日置いて、とりあえず、芙美花には詫びを入れておいた。

「拓巳君があんなことになってしまって、光希君もいろいろ大変だと思うから、今はいいの。だから、落ち着いたときでいいから、ちゃんと聞かせてね？」

最悪、奥離から追い出されても文句は言えないと思っていた光希を、芙美花は逆に気遣ってくれた。そのありがたさが身に沁みて、光希はただ深々と頭を下げたのだった。

結局、拓巳に関する情報はテレビのニュースでしか得られなかった。拓巳のアパートまでいったい何をしに行ったのか、わからない。本当にサイテーな落ちであった。

下腹部を刺されて重傷。手術は成功して命に別状はないとはいえ、拓巳をあんな目に遭わせた奴が憎かった。ぶち殺してやりたくなった。

その一方で、そんなふうに思える激情がまだ自分の中にも残っていたことに今更のように驚く。痛い。苦しい。重い。辛い。我慢できない。いっそ、不条理きわまりないノイズに支配された頭をかち割ってしまえたらどんなに楽だろう。

こんな責め苦に耐え続ける意味が、どこにあるのか。拓巳と仁がいなければ、とっくに廃人になっていただろう。

負荷は常に内向きだった。過去、唯一の例外だったのは、拓巳を『エイリアン』と囃《はや》し立てるクソガキを突き飛ばしてランドセルでタコ殴りにしてやったときだけ。それ以外で光希が激情を外へ向けて放ったことはない。

あのときは、皆が呆然絶句していた。拓巳でさえ、だ。光希的にはまだ殴り足りなかったが、拓巳がもうヤメロというので勘弁してやったのだ。

街でチンピラに絡まれても、光希が手を出したことはない。そんなことをしなくても、フードを外して視線をわずかに尖らせるだけで相手は勝手にビビり上がり腰が引け完全に戦意喪失してしまうからだ。ついでのオマケで一声吼《ほ》えてやれば、遠巻きにしていた野次馬もその場で腰を抜かしてしまうに違いない。

今回のことで、光希は、世間に対してなんの興味もなく拓巳と仁以外のことには常に無関心で無気力だった自分にも、外に向けての荷重がまだ心の底にこびりついていたのだと知ることができた。

嬉しい？

……違う。自分でもちょっとビックリ——というのが一番近いかもしれない。

(なんだ。俺もまだ人間の端くれだったわけ？)

とっくの昔に放棄してしまった人間らしい感情の発露。それが憎悪や殺意だったとしても、なんだか冷えきった身体の一部が少しだけ温くなったような気がした。

「調子はどうだ？」

病室に入りベッド脇のスチール椅子に座るなり、光希は言った。

仁も、面会謝絶が明けたばかりで決して気分がいいわけではないだろうが、話の口火代わりにはそれで充分だろう。

(だいぶ、マシになった)

十二年間の昏睡状態で筋力が落ちきって、まだ一人では何もできないのが現状である。手足の感覚は戻ったが、それだけ。

当然のことながら、意識がなかったときには身体を拭いてもらうのもまったく問題はなかったわけだが、今は、なんだかとても……すごく恥ずかしい。特に、自分とあまり年の変わらない看護師さんに当たったときには、完全に目が泳いでしまっていた。向こうはそれが仕事なのだから、変に恥ずかしがるほうが恥。それはそうだが、カテーテルを挿入したままでもあることだし、どういう羞恥《しゅうち》プレイだと思わずにはいられない仁だった。

早くリハビリ復帰して、自力でトイレに行って風呂に入りたい。

とりあえずの目標としてはそこである。あまり、声高に宣言はできないけれど。

声もまともに出ない。自分の意思で動かせるのは瞼だけ……。なんとも心許《こころもと》ない。それでも、仁の眼差しは強かった。

双眼には生気がある。理知がある。明確な意思が宿っている。十二年間、仁の声しか聞き取れなかった光希はそれだけで充分嬉しかった。

「無理しなくてもいいぞ?」

(大丈夫。もう、寝てるのは飽きた)

クスリと、仁が目で笑う。

「まぁ、十二年……だからな」

(とんだスリーピング・ビューティーってとこ?)

「自分でビューティーとか、図々しいだろ。ミエ張るなっつーの」

幽体離脱中の会話は一種のテレパシーのようなものだった。もちろん、感情もちゃんと付いてきた。

現実に戻って、声も出ない状態でまともに話ができるのか不安だったが、自分の声がきちんと光希に届いているのを再確認できて仁は安堵《あんど》した。

「おまえが現実に戻ってきてくれて、スゲー嬉しい」

今更のように、光希はボソリと言った。

端から見れば、それのどこが？……とツッコミを入れたくなるほどの無表情だが、それが光希の偽りのない本音であることはわかる。

今、ここで、こうやっていること自体、光希には苦痛であることを知っているから。奥離以外ではフードを手放せない光希がそれを押してまで病室に来てくれたことが、仁にはたまらなく嬉しい。

(……うん。こうやって、リアルに自分の目線で光希と話せてぼくもすごく嬉しいよ)

光希はわずかに目を眇《すが》めた。

(なに？)

「や……現実に戻るとおまえの声質も変わるんだなと思って」

違和感……と言うほどではないが。トーンが変わっても、相変わらず仁の口調は耳に優しい。心地よい響きだった。

(……え？)

まさか、そんなことを言われるとは思ってもみなくて。仁は小さく目を瞠る。

(そうなの？)

「まぁ、年相応つーか。聞き慣れたボーイソプラノじゃなくなった……みたいな？」

仁はひとつ息をつく。

(それって、この身体に戻ってこられた証みたいなものかな？)

幽体離脱中の自分がどんな声でしゃべっていたかなど、仁にはわからないが。拓巳と光希が声変わりをしたときのことはよく覚えている。そうやってリアルに成長している二人がひどく羨ましかったことも。

　成人したこの顔でボーイソプラノはさすがにヤバイだろう。そう思う。

「……で？　きっかけは何？」

　すんなり、それが口を突いた。順番から行けば、やはり、それだろう。

（たぶん、タッくんが刺されたことじゃないかな）

　仁の返答も淡々としたものだった。

　光希は驚かなかった。やっぱりな……そう思っただけで。

（ぼく的には、そうとしか思えないってことなんだけど）

　これまでは、戻りたくても戻れなかった。どうやっても無理だった。本体に触れるだけで弾かれてしまうだけだった。

　絶望はしていなかったが、十二年間もそれが続くとちょっとだけ心が折れそうになっていたことは否定できない。当然、焦りもあった。取り残された肉体の寿命が先に尽きてしまわないという保証はどこにもなかったからだ。

　幽体離脱とは魂が肉体を抜け出ることだ。厳密に言えば、仁のそれは世間で言われているところの臨死体験とは違う。

　人間は魂《霊体》と魄《肉体》でできている。長い間、どちらかが欠けてしまうとどうなるのか。仁にも予想がつかなかった。

　実際、生身に戻っても脳が……今までの記憶がきちんと継続するかどうかもわからなかった。幸いにも、仁の場合は杞憂に終わったが、脳の領域はいまだに人類にとっては未知数である。

自分がそんなふうになるまで、魂魄の定義など考えたことすらなかった。『仁』としての意識はあるのに、自分では何もできない。

早く戻りたいと切実に願っているのに、その努力をすることすら許されない。本当に理不尽だと思った。

悔しい。

焦る。

落ち込む。

生身に休息は必要だが、離魂の仁にはそれすらもが不要だった。その代わりに、考える時間だけは腐るほどあった。

普段は拓巳と一緒に学校に通っていたから、それなりの知識も学力もついた。見聞きするだけで経験値が上がる？　記憶する脳もない霊体なのに、おかしな話である。普通ならば『それってあり得ないだろ』のツッコミが入るところである。

楽しい時間はあっという間に過ぎていく。それが名残り惜しくて、バス事故が起きるまでは一日がもっと長ければいいのに……と思ったことはあるが、不眠不休状態がこんなにも辛いことだとは思ってもみなかった。

朝起きて、学校に行って、帰ってきたら晩ご飯を食べ、風呂に入って寝る。眠ることによって一日がリセットされる。なにげない日常生活の繰り返しだからこそ、人は日々を生きていけるのだと思い知った。

いつか、きっと、現実世界に戻る。仁にとって、それはただの願望ではなく唯一の希望だった。

——が、あのとき。

玄関先で、血にまみれた拓巳を見たとき。その衝撃で、仁は、視覚以外の感覚をすべて失って無機質な霊体になってしまった身体が焼けつくような感覚に支配された。

あるはずのない血潮が滾《たぎ》り上がるような沸騰感。

失ってしまった肉体が灼け焦げるような灼熱《しゃくねつ》感。

鳴ることのない心音が爆《は》ぜるような爆裂感。

あり得ないことが起きる、奇跡？

——違う。

あれは、恐怖だった。大事な、大切な、唯一のものが失われてしまうのではないかという恐怖そのもの。

もしも、それを知ることが戻るに戻れない肉体への帰着という絶対条件であるのなら、あんな思いは二度としたくないというのが仁の偽らざる心境であった。たとえ、それで本来の自分に戻れる唯一のチャンスを逃してしまうのだとしても。

それは、こうやってリアルな世界へ戻ってこられたからこそ言える後出しジャンケンのような台詞だからかもしれないが、自分の良心だけではなく大切な誰かの命を犠牲にすることでしか得られない対価を『奇跡』と呼ぶのなら、そんなものはいらない。真剣にそれを思わずにはいられない仁であった。

奇跡には代償が不可欠。

あのバス事故で奇跡的に生還した三人は、被害者であるはずなのにずっとそれを言われ続けてきた。

三十二人分の命を犠牲にして生き残った責任を果たせ——と。

まるで呪詛《じゅそ》だった。

謂われのない怨嗟《えんさ》だった。

受け入れがたい不当な遺恨だった。

悲惨な事故を生き延びたことが罪悪だと言わんばかりに一方的に責められる。その耐え難い苦痛を誰もわかってくれない。他人だけではなく、肉親すらもが。

不当に恨まれて。

筋違いに憎まれて。

不条理に忌避される。

現実世界でそうやって孤立し続ける拓巳と光希をただ見ていることしかできないことが、仁には何より辛かった。

感覚は失ってしまったのに感情はなくならない。その理不尽を嘆いてもどうしようもなかった。何もできない無力さが、ただただ無性に腹立たしくてならなかった。

(タッくん……どうなった？)

それを口にするだけで心臓がバクバクになった。光希の口からそれを聞くのが怖い。

仁が覚えているのは、最後に見たものは血溜まりの中の拓巳だった。物言わぬ、身動きすらしない拓巳だった。

「手術は成功した。けど、まだ目を覚まさない」

一瞬、心底安堵して。次の瞬間、また突き落とされたような気がした。まさか、自分と同じになってしまうのではないか……という妄想が頭のへりをよぎって消えた。

違うよね？

タッくんは大丈夫だよね？

それを口にすることすらためらいがある。仁にも光希にも拓巳の声は聞こえない。それが吉兆なのかどうかすら、わからない。

「それで？　誰がやった？」

光希が知りたいのは、それだ。現実に戻ってきたきっかけが拓巳ならば、仁はその場で見ていたはずだからだ。その犯人を。

(たぶん、タッくんの弟)

まさか仁の口からその名前が出てくるとは思わなくて、思わず目を瞠った。

「……翔太？」

衝動的であれ計画的であれ、拓巳を刺し殺そうとするなら遺族会の誰か——という思い込みがあっただけに、光希は少なからずショックだった。

反面。

——嘘だろ？

——なんで？

——どうして、翔太が？

それは、今更愚問でもあるようにも思えた。

光希自身ですら、家族に疎まれ、憎まれ、兄には面と向かって『おまえなんか死んでしまえッ！』

と罵倒されたくらいだ。中学生になる頃には和田家は跡形もなく崩壊してしまったが、海棠家は家族に忌避され続けた拓巳が家を出ることでかろうじて空中分解は免れた。家族が崩壊することで光希にはなんのシガラミもなくなったが、拓巳は違う。

（パーカーのフード越しだったけど、間違いないと思う）

仁の記憶にはしっかり刻み込まれている。奇妙に歪んだ翔太のおぞましい顔つきが。忘れようとしても忘れられるものではない。

「兄貴は俺に死んでしまえって言ったけど、翔太は自分でヤッちまったんだな」

感情の抜けた口調で光希がボソリと吐き出した。

（クソバカ野郎だよね）

「……あー」

（タッくんがどんな思いで家を出たのか、まるっきり理解しようともしないんだから）

「自分たちだけが世界中で一番不幸……とか、思ってるからだろ」

（責任転嫁も甚《はなは》だしいよね？）

「だって、クソバカだし」

（……だよね）

二人して、淡々と扱《こ》き下ろす。抑圧された感情が吹き溜まらないように。

光希が覚えている翔太は、いつも双子の片割れである瑠璃の後ろからひっそりと顔を覗かせていた気弱なイメージしかない。引っ込み思案の人見知りで影が薄かった。

特別に不細工だとは思わなかったが、やんちゃな元気玉でそれはもう可愛かった拓巳とはまるっきり似たところがなかった。瑠璃が勝ち気な性格だったせいもあってか、翔太は陰で『金魚《瑠璃》のフン』呼ばわりされていた。

事故のせいで医学的には左目を失明して『エイリアン』呼ばわりをされても拓巳は卑屈になることもなく、それどころか学力優秀で陰口をねじ伏せるだけの気概があった。普通ならば一流大学にだって余裕で進学できただろう。

そんな不屈で出来のよすぎるイケメンな兄貴と比べられて弟が鬱屈する。ありがちな話だが、実際のところ翔太がどうだったのかは知らない。

あの頃も、今も、双子の弟妹には関心の欠片《かけら》もなかったからだ。それは、仁の妹である愛美にも言えることだが。

けれど、拓巳の性格ならば嫌というほど知っている。

「拓巳、絶対に言わねーよな？　弟に刺されたなんて」

(……たぶん)

「けど、俺は絶対に許さねーから」

(僕も、だよ)

しっかり、くっきり、念を込めて口パクするだけで息が上がる。すごく、疲れる。どこもかしこも重い。ただ重いのではなく、ひたすらだる重い。

いつでも、どこでも、限界はあるが好きなところに気軽に飛んで行けた日々が思い出されて、どんよりとため息が漏れた。

いや……そのため息すらもが重すぎて。今は、重力に支配されているのだと如実に思い知らされる。

そんなことは当然すぎて、ほかの誰も意識すらしていないに違いない。

宇宙飛行士が無重力の宇宙から地球に戻ってくると一人では立ち上がれないほど筋力が低下して、元に戻るには数ヵ月のリハビリが不可欠――という話は聞いたことがあるが、自分も似たようなものだと思った。

こんなときだというのに、なんだか変に笑えてくる。本当に現実に戻ってきたのだと実感するには充分すぎるほどだった。

「とにかく、おまえは、拓巳のことよりまずは自分のことを考えろ」

（そう……だね）

光希の言う通り、まずは落ちた体力を取り戻さないと何も始まらない。

「リハビリのスケジュールとかも、みっちり組み込まれてるんだろ？」

（まぁ、ね）

「頑張れ」

相変わらず平坦なトーンで光希なりのエールを送る。

（うん。頑張る）

光希の言う通りだ。せっかく現実世界に戻ってこられたのだから、いつまでもベッドにへばりついてはいられない。

幽体離脱状態のときには、なんの役にも立たなかった。ただ見ているだけの傍観者でいることしかできなかった。

だが、これからは違う。光希が言えなかったことを、拓巳が沈黙することで堪え忍んできたことを、自分がきちんと声に出して主張できる。

聞かれもしないことをペラペラ吹聴して回るほどお節介にはできていないが、いつ、誰が、どんなふうに二人を傷つけてきたか。仁は知っている。連中が忘れていても、仁は忘れたりしない。絶対に。

本当に不思議なことなのだが、仁は、自分が幽体離脱状態だったときのことは何もかもくっきりと鮮明に覚えているのだ。それこそ、視たことすべて。一言一句漏らさず。自分の目が耳が、記憶チップ代わりであるかのように。

逆襲《カウンター》だ。

反撃《アタック》だ。

報復《リベンジ》だ。

――などと、気負うつもりはない。

二人の代弁者を気取るつもりはない。

ただ、これからはやられっぱなしにはならないということだ。押しつけられたエゴと理不尽な怨嗟を正当な権利でもって跳ね返すのだ。それが、仁にとってのリアルだった。

仙阶《せんかい》

あれが黒森《ラー＝ジャ》か
思《おも》ったよりデカいな
あの中《なか》にすげーお宝《たから》が眠《ねむ》ってるんだよな？
宝玉《ほうぎょく》も魔石《まいし》も尾族《びぞく》の王《おう》って奴《やつ》が独《ひと》り占《じ》めにしてるらしい
だけど もし見《み》つかったらまずいんじゃね？
じゃあ俺《おれ》たちがごっそりいただいちまおうぜ
尾族《びぞく》の王《おう》とか言《い》ったって 所詮《しょせん》は地《じ》べたを這《は》いずり回《まわ》るしか能《のう》がない下等種《かとうしゅ》だ
天空《てんくう》を自由自在《じゆうじざい》に支配《しはい》できる俺《おれ》たち翅族《しぞく》こそが最強《さいきょう》に決《き》まってるだろ

そうそう
財宝《ざいほう》の中《なか》には
龍骨《りゅうこつ》でできた
伝説《でんせつ》の聖剣《グリニール》とか
どんな結界《けっかい》も破《やぶ》れる
黄金《おうごん》の腕輪《アリオン》が
あるらしいぞ
黒森《ラー＝ジャ》の隠《かく》し財産《ざいさん》さえ
手《て》に入《はい》れば俺《おれ》たち一族《いちぞく》を
バカにしくさってる奴《やつ》ら
を見返《みかえ》すことができる
なら
やるっきゃ
ねーだろ
行《い》くぞッ！

チリッ
ヴォーー

カッ
神域《しんいき》を穢《けが》す莫迦鳥《ばかどり》どもめ
無駄《むだ》に命《いのち》を散《ち》らすとは本当《ほんとう》に懲《こ》りないな

スッ
ふわっ

これも因果《いんが》のなせる業《わざ》ということか

――十《じゅう》二《に》年《ねん》前《まえ》
ゴロゴロ…
ゴロゴロ…
いったい…何《なに》が？
――蝕《しょく》だ

ガタ
ガタ
ガタ
スッ
ボコ
ボコ
ゴゴゴゴ…
弩級《どきゅう》だな
裂罅《れっか》……か？

ズズズ…
ぷか…
子《こ》ども？
莫迦《ばか》な
何故《なぜ》？
あり得《え》ない

ぷかー…
ズ
ズズズズ…
ゴゴゴゴゴゴ

人界《じんかい》からの報告《ほうこく》ではこやつは刺《さ》されたまま意識不明《いしきふめい》になっていると聞《き》いたが…
前回《ぜんかい》と今回《こんかい》二度《にど》も蘇迷蘆《そめいろ》に流《なが》れ着《つ》くとは…
まったく只人《ただびと》の分際《ぶんざい》で非常識《ひじょうしき》にもほどがある
いや…速贄《はやにえ》となった時点《じてん》ですでに只人《ただびと》とは言《い》えぬか
どちらにしても神域《しんいき》を穢《けが》すことに変《か》わりはない

この厄介者《やっかいもの》めが

『悪感情はスパイラルする』

中学生が高校受験の志望校を選ぶ理由はそれこそ千差万別であるが、受験生——特に女子にとって偏差値以外の付加価値があるとすれば、そのベスト1は『制服』である。

見た目、大事。

これからの三年間、ダサイと言われるよりも『可愛い』『カッコイイ』『おしゃれ』であることが不可欠。高校生活のモチベーションは同じ制服を着ていても埋没しない個性を磨くことから始まる。

……かどうかは、さておき。数ある高校の中でも、ファッション系雑誌でも取り上げられたことがある私立『玲泉寺高校《れいせんじ》』の制服はハイセンスとの評判が高かった。

そんな玲泉寺での、とある日の、放課後のテニス・コート。

(あー……もぉ、やだぁ)

女子テニス部一年部員である御厨愛美《みくりやまなみ》はどんよりとため息をついた。

部活中なのに、ちっとも集中できない。サーブはろくに入らない、来たボールを打ち返せばネットに引っかけるか大きくラインアウトで、まったくラリーが続かないのでは練習にもならない。

まともに練習メニューをこなせないペナルティーで、愛美はテニス・コートの外周ランニングに出た。

集中できないのは部活だけではない。授業中も、だった。

理由はわかっている。イラついて、ムカついて、ここ数日間はこの上もなく不快だからだ。その原因がなんであるかも明白だった。

(ほんと、いいかげんにしろって感じ)

すべての元凶である海棠拓巳《かいどうたくみ》の顔を思い浮かべて、愛美は内心で吐き捨てる。

あの日——突然、母親から和田光希《わだこうき》を奥離《おくり》に住まわせると聞かされた瞬間から、愛美の怒りは収まらない。

言いたいことは山のようにあった。実際、普段は口にしないようなことまでブチまけてしまったが、まだ言い足りないというのが本音だった。

三日も経てばそれなりに消化できるかと思ったが、ぜんぜんダメだった。それどころかイライラとムカムカが混ざり合ってメラメラになり、頭が冷えるどころかよけいに煮えくり返っただけだった。

ぐらぐら……である。

ぐつぐつ……である。

ともすれば収まらない怒りで視界すらも灼《や》けそうだった。

せめて、その嫌悪にまみれた不快感を部活《テニス》で発散できればよかったのだが、物事はそうそう都合よくはいかなかった。

(もぉ、サイアク)

ランニングの足取りも、ひたすらズブズブと重かった。

そんな愛美に。

「マナちゃん、どうした？　いきなり絶不調だね」

女子テニス部副部長である柏木凜《かしわぎりん》が声をかけてきた。

いつもならば、柏木は愛美を愛称で呼んだりしない。部の伝統として、上級生は下級生を名字で呼ぶ。それも、一律平等に呼び捨てである。

下級生は敬意を込めて『○○先輩』と呼ぶのだが、部内における実力の格差よりも年功序列という上下関係のケジメはけっこう厳しかった。

部活中であっても、今が休憩時間で愛美の周囲には誰もいない。見るからにピリピリとしたハリネズミ状態なのでさすがに誰も近寄っては来ないから、柏木もつい呼び慣れた口調に戻ってしまったのだろう。

二人は同じ小・中学校の出身であり、中学時代は部活も同じテニス部の先輩・後輩だった。はっきり言って、愛美は柏木に憧れて玲泉寺を受験したようなものだった。

実兄である仁《じん》が昏睡状態になってずっと療養所暮らしであるため、家ではほとんど一人っ子同然である愛美にとって、実力があっても偉ぶらずに後輩の面倒見もよい柏木は理想のお姉さんでもあったからだ。

だから、それなりに仲はいい。中学時代はもっとフランクに雑談まじりでいろいろ相談もしていたが、さすがに高校生になると勝手が違った。

「バレバレですよね？」

少しだけ上目遣いに、愛美は言った。

「何、悩んでるの？　ほら、ほら、お姉さんに話してみなさい」

茶目っ気たっぷりに、柏木が愛美の腕をツンツンと指で突《つつ》いた。

柏木も、同じ中学のテニス部出身者が愛美だけともなれば、他の新人部員よりも親しみが湧くのもある意味当然の成り行きであった。

「実は……お母さんと喧嘩《けんか》しちゃって」

もごもごと、愛美は切り出した。

家庭の事情をペラペラしゃべってしまうことにはさすがに抵抗がある。けれども、一人胸に納めておくのももはや限界に近かった。

「へぇー、珍しいね」

柏木が素で驚くと、愛美は少しだけ唇の端を歪《ゆが》めた。


(不調の原因はお母さんとの喧嘩かぁ。ちょっと、意外……)

ここ数日、愛美の不調ぶりがあまりにもひどかったので、さすがにこれではマズイだろうと、柏木は休憩時間になるのを見計らって声をかけてみたのだ。

中学と高校では、部活での練習量も段違いである。玲泉寺では毎年それなりの実績を残しているので、まったくのズブの素人が興味本位で入部してくるようなことはないが、経験者であっても練習メニューについていけない者もいる。

その点、愛美は期待の新人株であるので柏木もそれほど不安視はしていなかったが、ここに来て、いきなりの絶不調は予想外であった。

御厨家の家庭事情はもちろん知っている。同じ町内に住んでいるのだ。当然といえば、当然である。実兄があんなことになってしまったせいで、愛美が年齢のわりには聞き分けのよすぎる子どもになってしまったのもやむを得ない。……とは、周囲の評価である。

柏木も、そう思う。

小さいときから良い子すぎて、きっと、プレッシャーとかストレスとかいろんなものを溜め込んでいたのだろう。それがここに来ていきなり爆発してしまったとしても、ぜんぜんおかしくはない。

例の慰霊祭絡みの一件で過去の事件もろとも何もかもが一気に暴露されてしまった今となっては、この玲泉寺で『御厨愛美』の名前を知らない者はいないだろう。いろいろな意味で、いきなりの超有名人になってしまったからだ。

愛美としてはまったく嬉しくないどころか迷惑千万を通り越して不本意の極みであることも、柏木はちゃんと理解していた。

同じ学区出身ということでは柏木も今回の騒動ではまるっきりの他人事ではなく、あれやこれや、もろもろ思うところがありすぎるからだ。正直、今になってこんなことになるなんて思ってもみなかった……というのが本音である。

「……で？　いまだに仲直りできてないんだ？」

「だって、お母さん、横暴なんだもん」

愛美が口を尖《とが》らせる。口調が、すっかり中学時代のそれに戻っている。

柏木はわずかに首を傾《かし》げた。愛美の母親は本当によくできた人で、これはお世辞でもなんでもなくて、柏木の目から見ても理想のお母さんそのものだったからだ。

『横暴』

その二文字がこれほど似合わない人はいない。……と、思う。

まぁ、いくら理想的であっても、それはあくまで外面上のことであって内情は別もの……と言えないこともないが。御厨家は町の名士でもあり、他人が羨むくらいの家庭円満と言われていた。唯一の憂いは、長男がいまだに昏睡状態であることだけだろう。

（マナちゃん、今になって反抗期がドカーンと一気にやってきたってこと？）

もしかして、愛美が言う『喧嘩』とは柏木が思う以上にけっこう深刻なのだろうか。それを思って愛美を見やると。

「光希君をウチの庭に住まわせるとか、お母さん、いきなりわけのわかんないことを言い出すんだもん」

愛美がボソリと吐き出した。

「え？　光希君って……あの？」

ビックリして、思わずおうむ返ししてしまった。

「そう。和田光希君」

思いっきり苦いものを込めて愛美が唇を歪めた。

つられて、柏木の顔も一瞬にして強ばりついた。

ウソ。

……ホントに？

…………マジで？

ボキャブラリーが貧困と言われようと、とっさにそのフレーズしか出てこない。

「柏木先輩も知ってるでしょ？　あの光希君だよ？　なのに一緒に住むとか、マジであり得ないでしょ。信じらんない」

思わず、コクコクと頷《うなず》いてしまいそうになった。

地元民で『和田光希』を知らない者はいない。キッパリと言い切ってしまえるほどの有名人であった。

ちょっと……どころか、かなりイッちゃってる人。その認識で間違いない。

同情すべき点は確かにあるが、それでも生理的嫌悪は拭《ぬぐ》えない。とにかくその言動が痛すぎて、逆に怖すぎるからだ。

ジョークにできない。

笑えない。

できれば視界に入れたくない。

どこの学校でも。たいがい、『ちょい悪がカッコイイ』とか。『反抗心旺盛な俺って決まってる』とか。『誰にも媚《こ》びないのが自分の個性』などと、そういう間違った思い込みでバカな真似をしたがる困ったちゃんがいるものだが。彼は違う。ある意味、存在感そのものが異質なのだった。

違うのだ。

フツーではないのだ。

とにかく、怖いのだ。

何かが憑《つ》いているとしか思えない——というのが一番しっくりくる。地元民ではない者がそれを聞けば、きっと鼻で笑い飛ばすだけだろうが。

最悪にして凶悪。その悪名は近隣にまで轟《とどろ》き渡っていた。

そんな光希とひとつ屋根の下で暮らす？

愛美でなくても、それは……嫌すぎる。怖すぎる。はっきり言ってホラーだ。それを言い出したらしい母親の『理想のお母さん』像がガラガラと崩れていくような気がした。

いったい……どうして、そんなことに？
喉《のど》まで出かかった言葉も。
「お母さんもお父さんも、拓巳君に騙《だま》されてるのよ」
憎々しげなつぶやきに喉奥でヒクリと裏返った。まさか、愛美の口からその名前まで出てくるとは
まったくの予想外だった。
海棠拓巳。光希とは別口の有名人である。
しかも。光希も拓巳も、なぜか、愛美にかかれば君付けのタメ口である。柏木にしてみれば、それ
こそ『あり得ないでしょ？』であった。
「拓巳君がね、言ってるらしいの。ウチのお兄ちゃんが幽体離脱してて、拓巳君にはお兄ちゃんが見
えて話もできるんだって」
（うわ……サイアク）
柏木は強ばりついた喉を引き攣《つ》らせた。
（それって、絶対にマズイでしょ）
愛美の逆鱗《げきりん》を逆撫《さかな》でにしたのも同然だった。
地元民にとって愛美の実兄の話はタブーに近い。悲惨な事故の生き残りである三人――拓巳や光希
の名前が日常的に取り沙汰されても、事故後からずっと昏睡状態にある仁の話は表立っては誰も口に
しない。
当時、親からくどいほど念押しされた覚えがある。子ども心にも、御厨の家族の前では絶対に言っ
てはならない禁句だという認識だった。結局のところ、それは今も変わりはないのだが。

だから、こんなふうに、愛美の口からあけすけに実兄の名前が出ると逆にどういう顔をすればいいのか……わからなくなってしまう。刷り込みというのも、けっこう根深い。

「それで、拓巳君が言うには、お兄ちゃんが光希君をウチの庭に住まわせてくれってお母さんに頼んでるんだって」

愛美にしてみれば、最悪を通り越してもはや憤激状態なのだろう。その目はじっと一点に据えられたまま揺らぎもしない。

(なんで？　よりにもよって、どうしてそういうミエミエの嘘《うそ》をつくかな)

内心で、どんよりとため息が漏れた。

嘘も方便……とは言うが、絶対に許せない嘘はあると思う。拓巳の言っていることは、まさにそれだった。

「それって、あり得ないでしょ？」

愛美が吐き捨てる。心から憎々しげな声音だった。くっきりとした二重瞼《まぶた》の眦《まなじり》が怒りで吊《つ》り上がっていた。

たとえ拓巳が虚言症という病気なのだとしても、それはあまりにひどすぎる。愛美が憤慨するのもよくわかる。

「なのに、お母さんってば本気にしちゃって……。もぉ、バッカじゃないの。コロリと騙されるなんて、信じらんないッ」

愛美の口元がヒクヒクと引き攣れた。

「柏木先輩だって、そう思うでしょ？」

いきなり同意を求められて、柏木は一瞬狼狽《うろた》えた。

「思うよね？」

怒りを孕《はら》んだ目で答えを迫る。

「許せないよね、こんなの」

それは……否定できない。どういう状況でそんなことになってしまったのかはわからないが、愛美の話を聞く限り悪質な霊能詐欺に思えてならなかった。

実際、十二年前のバス事故後は自称霊能者による詐欺が横行していたらしい。だから、その手の話になると皆がピリピリと神経を尖らせてしまうのだ。

人の不幸――それも悲惨な事故で子どもを亡くしてしまった家族を喰い者にする連中は絶対に許せない。拓巳が霊能者を名乗っているという噂《うわさ》は聞いたことがないが、あり得ないものが見えるなどと見え透いた嘘をついている時点で同罪だろう。

だが。迂闊《うかつ》に口を滑らせるとますます愛美が激昂《げっこう》してしまいそうな気がして、結局、柏木は何も言えなかった。

「あたしがその場にいたら、絶対、そんなバカなこと承知させなかったのに。ほんとに、もぉ、サイアク」

（……だよねぇ）

愛美は知らないだろうが、柏木は拓巳の妹である瑠璃《るり》とは友人だった。

瑠璃が実兄である拓巳をどれだけ嫌っているか、柏木はよく知っている。それは瑠璃と翔太《しょうた》の双子が拓巳のせいで露骨なイジメに遭っていたからだが、そんな瑠璃を、柏木は陰ながら慰めることしかできなかった。

なぜって……あの頃は町全体が異様な雰囲気に支配されていたからだ。後味の悪い言い訳のようだが、イジメは悪いことだとわかっていても誰もそれを止めることができなかった。悪いことを悪いと言える勇気もなかった。

和田家が崩壊して光希が去り、高校卒業と同時に拓巳が海棠家を出ることで、ようやく地元にも平穏が訪れた。そう断言してしまえるほどには、遺族会の怨念《プレッシャー》は相当にきつかった。

不慮の事故――それも悲劇としか言いようのない理不尽さで子どもを亡くしてしまうと、残された家族は悲嘆に暮れるあまりみんなどこかしら歪んでしまうものなのだと思わずにはいられなかった。

悲しみは日常を侵食する。

抑えられない怒りは連鎖する。

出口のないやりきれなさはスパイラルする。

連日のマスコミ報道では和田家と海棠家の壊れぶりばかりが強調されていたが、実際のところ遺族会も似たようなものだった。

拓巳と光希に対するそれが不当な八つ当たりだとわかっていても、事件があまりにも悲惨すぎて、誰も表立って遺族会の横暴ぶりを止めることができなかったという地元ならではの諸事情がある。

当事者ではない者が横からあれこれ口を出す資格も権利もない。ついでに言えば、そんなことを口に出せるような空気ですらなかった。すべてはただの言い訳にすぎないが。

拓巳は妄想型虚言症で、光希はとても普通ではない精神状態ということで、地元では誰もが海棠家と和田家と関わりを持つことを拒んだ。それは、否定できない事実だ。そういう経緯があって、今に至った。

そして。十三回忌の慰霊祭で起こった常識外れのミステリーで、ただの傍観者にすぎなかった地元民は強烈なしっぺ返しを喰らうことになってしまった。

地元では今、複雑な感情が吹き溜まっている。

地域ぐるみで二人の子どもの人生をねじ曲げた。連日のマスコミ報道でそう決めつけられて憤慨する住民は多かったが、この十二年間、あえて見て見ない振りをし続けてきたという負い目はなくならない。

遺族会は『ヒステリックなリンチ集団』というレッテルを貼られて空中分解してしまったが、地元民は『消極的な加害者』の烙印《らくいん》を押されてしまった。

今更、良心の呵責《かしゃく》？

どんな理由をこじつけて自分たちの行為を正当化しようとしても、それはただの欺瞞《ぎまん》でしかないのに？

強硬に自分たちの権利と正当性を主張し続けた遺族会のブログが大炎上してしまったのがいい教訓である。

もはや地元民ですらない拓巳と光希との関係を修復するのは不可能に近い。たぶん、こちらから擦り寄っていったとしても黙殺されるのがオチだろう。

以後、地元民の口はめっきり重くなってしまった。何をどう弁解しようとしても、それがすべてねじ曲げられて自分に跳ね返ってくるからだ。

海棠家にしてみれば、もっと複雑に屈折しているだろう。親としての義務を放棄し、一家で長男を《拓巳》

見捨てた責任を問われているからだ。何も知らない野次馬もどきが勝手な正義感を押しつけないで……と、柏木は叫びたくなる。瑠璃の心中を思うと、胸が潰れそうに痛んだ。

そこへもってきて、またもや、拓巳がやらかしてしまったらしい。

なんで？

どうして？

それって、いったいなんなわけ？

もしかして、リベンジのつもりなのだろうか。……誰に対しての？

愛美の台詞《せりふ》ではないが、拓巳が何を考えているのか……何をしたいのか。まったくわけがわからない。

そんな中にあって、御厨家は少しばかり特殊な立場にいた。

悲劇的な事故から奇跡的に生還した三人のうちで愛美の実兄だけが昏睡状態だったからだ。さすがの遺族会も『生きているのに死んだも同然』である息子を持つ親に八つ当たりをする気にはなれなかった。……らしい。

結局のところ、御厨家だけは吹き荒れるスキャンダルの嵐を免れて唯一無傷であるとも言えた。

それって、なんか……不公平？

ふと湧き上がった思いを、柏木は慌てて打ち消す。十二年前の奇跡の代償ならば、御厨家は今もって払い続けていることを思い出して。

けれど。海棠家の双子に比べれば、遺族会の怨念《おんねん》に曝《さら》されなかっただけでも愛美はものすごく幸運だったと柏木は思わずにはいられない。だからといって、愛美に対して特別に含むモノなどなかったが。

それでも。

まさか。

ここに来て、御厨家がそんなことになっているとはまったく予想もできない柏木であった。


（あ……柏木先輩、困ってる）

すっかり黙り込んでしまった柏木に気付いて、愛美は今更のようにため息をついた。

「ゴメンね、柏木先輩。このところいろいろあって、ちょっと……頭弾けちゃった」

愛美としても、ここまで突っ込んだ打ち明け話をするつもりはなかったのだが。つい……。相手が御厨家の事情に通じている柏木だと思うと、感情がセーブできなかった。

「それって……本決まりなの？」

「……たぶん」

「そう、なんだ？」

「うん。それが条件だから」

「なんの？」

「光希君を奥離に住まわせる代わりに、お母さんが幽体離脱してるお兄ちゃんと話すの。拓巳君、我が家じゃついに霊媒師に格上げってわけ」

柏木が、なんとも言い難い目で愛美を見た。柏木にその気はなくても、思いっきり同情されているような気分になった。

「ほんと、バカみたいでしょ？　お母さんなんか、十二年ぶりにお兄ちゃんと話ができるって、もう大はしゃぎ。ウチの親が拓巳君の妄想にコロッと騙されるなんて思ってもみなかった」

ついつい口調が辛辣《しんらつ》になるのは、もう、どうしようもない。

「これって……オフレコなんだよね？」

「……別に。どうせ、すぐにバレちゃうに決まってるし」

投げやりに愛美は言った。

あの事件以来、見慣れない連中が家の周りをうろついている。どうせ、くだらない週刊誌のライターか何かだろう。愛美が知らないだけで、両親は何も言わないけれど、きっと取材の申し込みとかも腐るほどあったに違いない。

「こないだ拓巳君がウチに来たときも、どこかの週刊誌に盗撮されてたらしいし」

そんなもの、愛美は見てもいないが。お節介な連中はどこにでもいる。

これで本当に光希がやってきたら、どんな嘘八百を書かれるかわかったものではない。母親はそんなこともわからなくなってしまったのかと思うと、どうにも腹が立ってしょうがなかった。

「あたしは……ただ許せないだけ。お兄ちゃんをダシにしてウチの家族をメチャクチャにしようとしてる拓巳君が、ものすごく嫌いなだけ」

言ってみれば、それに尽きるのだった。

END

『そして、大神はため息をつく』

深夜。

雑誌原稿の進行も一区切りついて、そろそろ風呂に入って寝ようかと思い大神《おおがみ》千尋《ちひろ》はパソコンの電源を落とした。

——そのとき。まるでタイミングを計ったかのように机上のスマートフォンが鳴った。

(嘉祥院《かしょういん》君?)

着信表示を見て、大神はわずかに首を傾《かし》げる。

超絶デキる秘書、嘉祥院麗奈《れな》のモットーは『ダラダラとケジメのない仕事は時間の無駄使い』つまりは『無能の証』と同意語である。

なので、よほどのことがない限りいつもきっちりと定時で上がる。しかも、公私混同は仕事の敵であり、なおかつもろもろの温床になりかねないので『仕事とプライベートはきっぱり別もの』宣言である。

そこまでいくと、いっそ潔い。何事にもドライすぎるというより、プロフェッショナルに仕事をこなしたいという決意の表れなのだろう。

今のところ、彼女の仕事ぶりにはなんの不満も不都合も感じない。ゴスロリ・ファッションが日常的な嘉祥院のプライベートはまるで謎だが、それを詮索したこともない。

そんな嘉祥院がこんな時間に電話をかけてくるなんて、いったいどうしたのだろう。今まで、こんなことは一度もなかった。

(怖いな。なんの前触れだ?)

冗談まじりに、つい苦笑が漏れた。

「もしもし？」

大神が出るなり。

『先生、大変。海棠君《かいどう》が大変です、先生。仕事中でもいいのでテレビをつけて下さい。今すぐ、テレビを見てください』

いつもは冷静沈着な嘉祥院が早口でまくし立てる。

（お、わッ……）

顔をしかめて、思わずスマホを耳から遠ざける。

いったい、どこにいるのか。周囲の喧噪《けんそう》を振り切るようなけたたましさだった。

『先生。先生ッ？　聞いてます？　先生ッ？』

まったく、いつもの嘉祥院らしくない。

何をそんなに取り乱しているのか。

何が、そんなふうに嘉祥院を駆り立てているのか。

——見当もつかない。

いや、いや、いや……。そんなことよりも。

（海棠君が大変って……？）

なんだろう。

もしかして、また、遺族会絡みで何事かあったのだろうか。

こんな時間帯に、新たな問題が勃発？

それにしては嘉祥院の慌てぶりが半端ない。すごく気になる。まるでわけがわからないままに、再度スマホを耳に当てた。

「――わかった」

『とりあえず、あたしはこれで。詳しい話は明日ということで、よろしく』

言いたいことだけを言い切って、通話はプッツリ切れた。

なんだか、呆気《あっけ》に取られてしまう。

いきなり始まって、いきなり終わった。そんな感じ。疑問は疑問のまま、何ひとつ解消されることはなかった。

まったくもって、常日頃の嘉祥院らしくない落ち着きのなさであった。

(なんだろうな、まったく)

今更のように首をひねりつつ、リビングに行ってテレビをつけた。

すると。
＊＊緊急速報『十二年前のバス事故・奇跡の生還者Kさん、自宅アパートで刺される』＊＊
あまりにも衝撃的な文字がいきなり目に飛び込んできて、大神はリモコンを握りしめたまま……絶句した。

一瞬、思考がフリーズする。やがて、目の奥がジンジン痺《しび》れてきて。指先から急速に熱が失われていった。

女性アナウンサーが何かしゃべっていたが、ガンガンと頭の中で鳴り響く音に阻害されてまったく聞き取れなかった。それがうるさいくらいに拍動する自分の心臓の音だと自覚するのに、しばし時間がかかった。

その間、ずっと、大神の目はテレビの画面に釘付けだった。

拓巳が刺されたという事実がどうしても受け入れがたくて。信じられなくて。どうしてそんなことになるのか……イメージすらできなかった。

大神の本業はリアルにこだわった妄想を活字に託す小説家であるが、認めがたい衝撃に頭の中が真っ白に翳《かす》んで何も考えられなくなってしまった。

フィクションではない。

——現実。

嘘《うそ》ではない。

——事実。

（……あり得ないだろ）

それしか言葉にならなかった。

ようやく、それなりに頭も冷えてテレビのボリュームを大きくする。

〔先ほども速報でお伝えしましたが、今日午後八時頃、自宅で何者かに刺されて病院に搬送されたＫさんですが、無事に手術が終わりまして、今は集中治療室に移ったということです。警察からの正式なコメントはまだありませんが、病院関係者の話によりますと、今のところ命に別状はない模様です〕

こういう事件が起こるとたいがいは被害者の名前と年齢がテロップで流れるものだが、さすがにテレビ局も拓巳《たくみ》の扱いには慎重になっていることが窺《うかが》えた。

あれだけ拓巳のプライバシーを垂れ流しにしておいて今更……という気がしないでもないが、業界的な自主規制がいつまで保つのか甚《はなは》だ疑問であった。なぜって、これがマスコミにとっては慰霊祭に端を発した事件絡みの特大級の美味しいネタであることは間違いないからだ。

慰霊碑爆裂事件そのものが、早々と迷宮入り確実——などと言われていた矢先のことである。警察にとってもマスコミにとっても、これが予想外の進展ではないとは言いきれない。

ニュースの話題が次に移ったところで、大神はようやくソファーに腰を下ろした。リモコンのスイッチを切って、深々ともたれた。

(これって、単なる強盗事件とかそんなんじゃなくて、やっぱり、海棠君を狙った殺人未遂事件なのか？)

自宅のアパートで襲われているのだから、そうとしか思えないが。それでも、やはり。

(……信じられない)

それが正直な気持ちであった。

なぜ。

どうして。

……こんなことに？

いったい、何が。

どこの誰が。

……なんのために？

頭の中は疑問で埋め尽くされる。……というより、今になってショックがジワジワと押し寄せてきた。

「はぁぁ…………」

どっぷりとため息をついて、大神は指で両のこめかみをグリグリと揉《も》んだ。

大神が書く小説の中では血飛沫《ちしぶき》が飛び、肉を裂き、骨も断ち切れるバイオレンス描写など日常茶飯事であったが。どれほどリアルでグロくても現実世界での実害はないという絶対的な大前提《ルール》に則っているから、ホラーな妄想は娯楽になるのである。テレビの中でどれほど人喰いゾンビが溢《あふ》れていても、スイッチを切ってしまえばいいだけの話だからだ。

だから、逆に、実際に身近な人間がそういう事件の被害者になるという衝撃はむしろ半端なかった。拓巳が刺された状況すらわからないということが、苛立《いらだ》たしさに拍車をかける。

一連の流れから行けば、拓巳に恨みを抱いている者がいないとは言えない。ただの傍観者にすぎない大神がすぐにバス事故の遺族会の名前を思い浮かべるほどには、彼らの拓巳に対する誹謗《ひぼう》中傷は根深いものがあった。

【ヒステリックなリンチ集団】

言い得て妙……である。八つ当たりもそこまでいくと、ただの確執というよりは立派な妄執であった。相手が拓巳であるから黙殺状態なだけで、普通は、下手をすれば逆に訴えられても文句が言えるような状況ではないのではなかろうか。

憶測で物事を決めつけるのはよくないことだが、このところのマスコミ報道を見ていると、どうしても疑惑の目はそっちに向いてしまう。

この先、両者の間で何が起こってもおかしくはない。

いわゆる刷り込み？

それが業界側の作為的なミスリードだとしても、彼らの自業自得と言えなくもないが。もしかしたら、このニュースを見て、彼ら自身も疑心暗鬼の真っ最中だったりするのかもしれない。

そんな……。

まさか……。

バカな……。

自分ではない誰かの顔を思い浮かべながら、不安で、不穏で、それこそ眠れない一夜に悶々《もんもん》としているのかもしれない。

反面。あれほど派手にバッシングされまくっている渦中で、そんなバカな真似をしでかすものだろうか？　そんな疑問も湧く。

拓巳を刺すメリットと、デメリット。

今の今、拓巳に何事かあれば、その疑惑の目は当然のごとく遺族会に向けられる。いかにも真っ先に疑ってくださいと言っているようなものだろう。

人を刺すには、とてつもない覚悟《エネルギー》がいる。衝動に駆られて思わず……という場合もあるだろうが、小説やテレビドラマのようにはいかない。

妄想を現実で実行するには、良心と理性と自制を振り切るほどの強い殺意がいる。

動機。

覚悟。

手段。

大神が見た限り拓巳は警戒心が強い。しかも、その左目は真実を暴き出す眼力がある。悪意や殺意が駄々漏れていたら、それこそ近寄りもしないだろう。そんな一人暮らしの拓巳が、夜、天敵とも言える遺族会を自室に迎え入れるとは思えない。

何より、遺族会は事故で子どもを亡くしている。死に対する忌避感は一般人よりも強いものがあるのではないだろうか。

今までの人生をドブに投げ捨ててまで拓巳を殺したいと思う者なんて、実際にはそれほど多くはないだろう。

遺族会の望みはあくまで『バス事故』と『慰霊碑爆裂事件』の真相の究明である。拓巳を殺してしまえば、そのチャンスは永久に失われてしまう。その欲求よりも拓巳への怨嗟《えんさ》が勝るとでも？

ソッコーで否定できないのもまた、現実ではあるが。

それにしたって……。

（海棠君もホント、災難続きだな）

本音でそれを思わずにはいられない。

イラストレーターとして、その才能がようやく開花しかけた矢先にこんなことになってしまうなんて。ただツイてないと言うには、あまりに理不尽な巡り合わせであった。

なんにせよ、拓巳のことが気がかりである。テレビ報道では命に別状はないらしいので、一刻も早い回復を願うばかりだった。

【幻視行　2／完】

あとがき

こんにちは。

今、これを書いているのは七月ですが。連日の猛暑で部屋の中にいても熱中症になりそうで、うだっています。汗だらだらで、暑すぎて、吐く息もドラゴン並みの炎のブレスになりそうです。

まだまだこの先には夏本番の八月が控えているのに、なんか……もうヨレています。

年々、体力低下を実感している今日この頃です。なのに、体重だけはちっとも減らないのですよねぇ。どうしてなんでしょ？

たまにスコールのような通り雨（いや、もう、最近は夕立というレベルじゃなくて、どこの熱帯雨林ですか的な大粒の雨がバチバチ降ってきますし）が降っても気温が下がるどころかモア～っとして、よけいに不快指数が上がるという悪循環です。本当に、こうなると頭の中の妄想菌も増殖する前にどんより溶けて消えてしまいそうです（笑）。

究極の二者択一で『暑いのと寒いのとどっちがいい？』となれば、やっぱり寒いほうでしょうか？寒ければ着込んで貼るカイロでもくっつけていればまだ我慢もできるけど、暑いからって汗だくになっても素っ裸で外は歩けません。

んー……身体の贅肉が取り外し自由になれば、少しはマシなのかもしれませんが。

人間、汗をかかなくなったら体温調節ができなくなって、ヤバい。とは、聞いていますが、それも程度ものですよねぇ。

この季節は、アイスクリームよりもキンキンに冷えたかき氷が食べたいです。宇治抹茶ミルクが好みです。最近は薄くてすぐに溶けるタイプが流行だそうですが、私は昔ながらのやつがいいです。口の中の、あのジャリジャリ感がステキ。

かき氷と言えば、屋台。屋台と言えば、夏祭り。夏祭りと言えば、花火。そういえば、最近は花火を観に行くこともめったになくなりました。

電車やバスに乗って花火会場まで行って、みんなでワイワイおしゃべりをしながら屋台で買い食いをする。はぁぁ……。そんなため息をついている時点で体力的にアウトだったりするのかもしれません。

その代わりに……というわけではありませんが。ここ数年は特別興業という名の期間限定で、バレエや演劇を映画館の大画面で観賞するのが楽しみです。

せっかくなら生の舞台でその感動を味わいたいものですが、地方にいるとなかなかそういう機会にも恵まれません。

おお、これっておもしろそう。んじゃ、ちょっくら飛行機に乗って行ってくるか。……になってしまいますもの。コンサートでも本州止まりというのはよくあることで（笑）なかなか海を越えてきません。

そんな特別興業の中でもとりわけ印象深かったのが、マシュー・ボーンの『白鳥の湖』です。白鳥も黒鳥も女性ではなく男性が演じている異色作です。コメディーではないですよ？　王子様も含めて、ほとんど男性しか出てきません。

王子様がヒロインです。

いやぁ、初めて観たときの衝撃はすごかったです。男性が白鳥や黒鳥をやるとダイナミックに繊細で。群舞になると、それはそれはド迫力があって。

コスチュームも、メイクも斬新で。白鳥の優雅さが女性のものとは違って、より鳥らしい動きが強調されていました。黒鳥なんか、王子様を悩殺して振り捨てる、ほとんど妖艶なジゴロでしたし。

捨てられ苦悩して最後は息絶える王子様よりも、エゴ全開のドヤ顔の果てに王子様を地獄に叩き落とす黒鳥が超絶格好良かったです。

おぉぉッ。

すげー……。

サイコーッ！

とか。内心、昂奮して仰け反り回っていました。

それが映画館の大スクリーンで躍動しているのです。踊り終わったあとの決めポーズで筋肉がピクピク震えているところまでアップで見えちゃう。普通はお高いS席でもオペラグラス越しでも、そんなところまでは見えないですよね？　……すっかりやられてしまいました（笑）。

また、映画館でやってくれないかなぁ……と密かに切望しています。

——さて。すっかり前置きが長くなってしまいましたが。『幻視行』単行本が二巻目になりました。

本命様との邂逅は済みましたが、今のところラブどころか甘さの欠片もありません。擦れ違いも甚だしくて、いまだに人界と仙畍という異次元の平行線のままです（汗）。

真打ち（ラスボス？）は満を持して登場するのが定番でもありますし。まずは、人界での足固めを先に……。

ストーリー的にすぐにイチャ・ラブになるような展開でもないので――とか、すでに開き直りの心境です。ハハハ……。

悲惨な事故の生き残り組の試練はまだまだ続いていますが、仁君がようやく現世に復帰してきたので、これからリベンジ・マッチに突入？

愛美ちゃんとの兄妹関係はこの先どうなってしまうのでしょうか？　いやいや、それよりも、飛ばされちゃった拓巳君が無事に戻ってこれるのかが問題ですよね。そのあたり、ばっこんばっこん、片付けていきたいと思います。

あー……それと、大事なお知らせが。BE・BOY GOLD本誌の小冊子のほうでもちょこっと触れましたが、二巻目（第四譚）までは小説と漫画という形式でお楽しみいただいていましたが、次の第五譚からは小説バージョンのみの単行本書き下ろしという形になります。

今後も引き続きお楽しみいただけるように頑張ります！

末筆になってしまいましたが。立石涼様、毎号、ありがとうございました。引き続き、美麗なイラストもよろしくお願いいたします。

そして。絵コンテ協力でお世話になりました竹若トモハル様にも、心からの謝辞を。

それでは、また。

平成二十九年　七月　　吉原理恵子

難物き3人が
これからどうなっていくのか
楽しみですね。
画にするのが非常に難しい
作品ですが楽しんで頂
いれば幸いです。
立石

幻《げん》視《し》行《こう》 2

Into Illusion

「幻視行 2」をお買い上げいただきありがとうございます。

この本を読んでのご意見、ご感想など左記住所「編集部」宛までお寄せください。

リブレ公式サイトで、本書のアンケートを受け付けております。

サイトにアクセスし、TOPページの「アンケート」から該当アンケートを選択してください。

ご協力お待ちしております。

「リブレ公式サイト」http://libre-inc.co.jp

BBPDX《ビーボーイプラスデラックス》 幻視行 2

発行日 2017年9月19日 第1刷発行

著　者　小説／吉原理恵子　マンガ／立石 涼
©Rieko Yoshihara／Ryo Tateishi 2017
発行者　太田歳子
発行所　株式会社リブレ
〒162-0825 東京都新宿区神楽坂6-46 ローベル神楽坂ビル
電　話 03-3235-7405（営業）
03-3235-0318（編集）
FAX 03-3235-0342（営業）
印刷所　株式会社 光邦
装　丁・本文デザイン　小菅ひとみ（CoCo.Design）
絵コンテ協力　竹若トモハル

定価はカバーに明記してあります。

乱丁・落丁本はおとりかえいたします。

本書の一部、あるいは全部を無断で複製複写（コピー、スキャン、デジタル化等）、転載、上演、放送することは法律で特に規定されている場合を除き、著作権者・出版社の権利の侵害となるため、禁止します。

本書を代行業者等の第三者に依頼してスキャンやデジタル化することは、たとえ個人や家庭内で利用する場合であっても一切認められておりません。

※この作品はフィクションです。実在の人物・団体・事件等とは一切関係ありません。

Printed in Japan
ISBN978-4-7997-3489-6